4인칭의 아이들

제15회
혼불문학상
수상작

4인칭의 아이들

김아나 장편소설

차례

I	**우리는 1인칭의 아이들**	7
II	**우리는 3인칭의 아이들**	67
III	**우리는 3.5인칭의 아이들**	129
IV	**우리는 4인칭의 아이들**	185

| 심사평 | 246 |
| 작가의 말 | 253 |

I

우리는 1인칭의 아이들

수신: 노을보육원 산하 즐거운 배움터 치유를 위한 작문 지도
 담당 Q 선생님
발신: 2학년 1반 구광지

제목: 자기소개서

 저는 길에서 태어났습니다. 길에서 태어났다는 말이 비유라는 건 선생님도 아시겠죠.
 선생님은 제게 자기소개서부터 보내라고 하셨죠. 형식에 구애받지 않고 쓰라고 하셨죠. 이십 대 언니들이 기업에 제출하는 자기소개서 양식처럼 지원 동기 같은 건 쓰지 않아도 된다고 하셨죠. 지원 동기는 대부분 거짓에 기반하여 쓰인다고요. 선생님은 한국에 오기 전에 자기소개서를 고쳐주거나 대필하는 알바를 했다고 말하셨잖아요. 다만 이제는 돈 벌기보다는 봉사에 매진하고 싶다고 하셨죠. 선생님은 어떤 계시를 받았다고 하셨죠. 가장 불행한 아이들을 찾아가라 그들에게 시식을 선사하라 그러면 그 아이들이 한데 머리를 맞대고 고

민하여 진리를 찾아내리라.

　계시를 받는 기분은 어떤가요?

　글쓰기를 통해 구원받을 수 있다고 하셨죠. 그래서 소수 정예로 P읍의 아이들을 모아 글쓰기 강습을 연다고 하셨죠. 중학생 대상으로요. 그런데 제가 살아온 행적을 쓰기 전에 이것부터 물어봐도 될까요. 저는 천주교가 아닌데 글쓰기 모임에 지원해도 될까요?

　선생님, 저는 올해 열다섯 살이고요, 기억력이 엄청 좋답니다. 얼마나 기억력이 좋냐면요, 제가 두 살 때 일까지 기억하는 정도입니다. 그 기억은 아주 또렷하고 아직도 생생합니다.

　전 가끔 그날 꿈을 꾸고, 그러면 말을 더듬게 됩니다.

　―그러니까 두 살이던 저는 기차 플랫폼에 앉아 있었어요. 아니, 기차 플랫폼에 누군가 버리고 간 유모차 안에 있었어요. 제게 한 남자가 다가왔어요. 그 남자는 제가 최초로 본 남자이며 제가 최초로 아버지라고 부를 남자였습니다.

　저는 태어난 지 고작 이십사 개월이었지만 남자의 위험성을 이미 감지했답니다. 그 남자는, 아빠는 그대로 유모차를 밀고 플랫폼을 나갔어요. 그때 비로소 제가 태어났어요. 아빠도 저도 그날을 제 생일로 정했습니다. 2010년 9월 3일. 그게 제 생일이에요. 남자가 그대로 플랫폼 바깥으로 나가서는 생후 이십사 개월이 된 저를 앞에 두고 줄담배를 피웠던 게 기억이

납니다. 담뱃갑이 금색으로 칠해진 걸로 추측하건대 말보로 라이트였을 겁니다. 얼마나 지독한 냄새가 나던지.

아빠는 좀도둑이었습니다.

그 남자가 저를 데려간 이유는 아주 간단했어요. 동정심. 그거 하나였어요. 제게 동정심을 느낀 게 아니라요, 훔친 물건을 팔기 위해 동정심을 이용했어요.

아빠, 내 유모차를 밀고 간 중절모를 쓴 그 남자는 좀도둑과는 확연히 다른 사람이었습니다. 저는요, 제가 물론 열다섯 살이라는 아주 적은 나이긴 하지만 알아낸 게 있어요. 선생님. 선생님은 바티칸에서 교황님의 축복을 받은 장미 묵주를 손에 쥐고 기도하다가 계시를 받았다고 했잖아요. 묵주 주변에서 막 스파크가 튀었다면서요.

'남한에서 가장 작고 소외된 마을로 찾아가라. 거기서 아이들을 모아 진리를 가르치면, 아이들이 서로의 이마를 맞대고 진리를 찾아낼 것이다.'

저는 인간은 태어난 이상 모두, 전부, 빠짐없이 다 신의 계시를 받는다는 걸 알게 되었어요. 선생님의 경우는 그것이 종교의 모습으로 드러난 거예요. 저에게는, 저는 아직 모르겠네요. 하여튼 나의 아빠에게도 역시 계시가 찾아왔답니다. 아빠는요. 청색 트럭을 몰고 경기도 외곽 공장지대를 쓱 지나면요, 다 알더라고요. 아, 저 공장은 오늘 빌 거야. 옆 공장은 내일부터 휴가야. 아빠는 운전석 창을 열고 팔을 뻗어 공장지대를 향해 손바닥을 폈어요. 마치 손바닥으로 공장지대의 정보를 파악하려는 것처럼요. 아빠는 그럼 딱 아는 거예요.

이 공장은 주로 현금거래를 하네.

뒷산 앞에 있는 공장은 부도가 날 거야.

아까 지나간 공장 말이야. 다음 주에 중국에서 재고를 실은 선박이 도착할 거야.

이 공장은 곧 망하겠어.

그렇담 선생님은 궁금할 거예요. 원체 아버지의 지능이 뛰어난 것 아닐까? 천재로 태어난 것 아닐까? 광지야? 전혀요. 아빠는 난독증에 말을 더듬었어요. 어, 절대로 이걸 차별적 발언이라고 생각하지 마세요. 저는 아빠라는 남자의 병명을 얘기한 것뿐이에요. 글자 읽기를 정말 힘들어하는 사람이고 생각하는 대로 혓바닥을 움직이기 불편해하는 사람이었다는 말입니다. 그만큼 일상생활에 역경이 있었지만 동시에 나쁜 사람이었고 비범했다는 뜻이에요.

저는 아빠가 저를 납치한 다음 해부터 청색 트럭을 타고 다녔습니다.

아빠라는 남자는 아동용 카시트를 조수석에 설치할 머리

가 없는 사람이었습니다. 저는 갈지 않은 똥 기저귀 때문에 엉덩이가 물러 터질 정도로 앉아서 다녔습니다. 아빠라는 남자는 난방도 틀지 않은 춥고 써늘한 트럭 안에 저를 덜렁 놔두고 빈 공장으로 향했습니다. 저는 수은빛을 띠는 차가운 공기를 삼켜야 했어요. 너무 추웠어요. 감기를 달고 살았죠.

아빠라는 남자는 나를 트럭 안에 내버려두고 공장 앞으로 갔어요. 그런 뒤 클립이나 줄 같은 걸로 자물쇠를 잘도 땄습니다. 만능 손이었어요. 열 손가락이 스위스 나이프였죠. 캡스가 설치된 공장은 야적된 재고를 노렸어요. 공장 관리자들은요, 생각보다 이웃 주민을 잘 믿는 것 같아요. 공장 앞마당에 값비싼 재고를 쌓아두더라고요. 가끔 잿빛이 도는 방수포로 덮어두긴 하지만, 누가 봐도 그건 재고거든요.

아빠는 주로 세제 공장을 노렸어요. 세제가 필요 없는 사람은 세상에 없으니까요. 야적된 피죤 박스를 트럭 짐칸에 옮기며 아빠라는 남자는 뻔뻔하게 이렇게 중얼댔어요.

"내 딸이 빨리 커서 나랑 같이 상자를 옮겨야 할 텐데."

그렇게 훔친 물건들의 재고가 확보되면 우리는 P읍내에 있는 집으로 돌아왔습니다. 아빠라는 작자는 시뿌연 먼지가 뒤덮인 거울 앞에 서서 작은 가위로 코털을 정성 들여 깎아 모양을 냈어요. 그 못생긴 갈색 중절모도 썼고 심지어 백화점 일층에서 훔친 향수까지 뿌렸답니다. 샤넬 향수였어요. 고급 하면 샤넬 아니겠어요? 그렇게 한껏 못생긴 얼굴을 치장하고 다시 트럭을 몰고 어디론가 향했습니다. 저는 골방 안에 있었죠. 반지하에, 공기가 텁텁한 그곳에 홀로 있었어요. 먹을 것도 없었어요. 물도 없었죠. 기저귀에서 똥이 넘쳐 질질 흘렀어요.

다섯 살이 되고 제가 걷기 시작하자 아빠는 저를 더욱 본격적으로 데리고 다녔어요. 공장 대신 다른 곳으로 말이죠.

아빠는 저를 태운 트럭을 타고 서울로 향했답니다. 우리가 사는 P읍내에서 서울까지는 한 시간가량 걸렸어요. 여의도, 마포, 강남 쪽이 아빠의 새로운 사업 영역이었어요. 회사가 정말 많았으니까요.

5호선 마포역 근처에 아주 큰 금색 빌딩이 있어요. 그 빌딩에는 회사가 수백 개 있어요. 컴퓨터 회사, 광고 회사, 식품 회사. 아빠는 한 손에는 저를 안고 다른 손에는 피죤 두 개가 담긴 부직포 가방을 들고 건물 안으로 들어갔어요. (피죤은 아빠가 P읍 공장에서 훔쳐 온 거랍니다.) 저는 아빠의 악력 차이로 알 수 있었습니다. 아빠는 나보다 피죤 세제를 더욱 소중하게 여긴다는 것을요. 속으로 생각했어요.

아빠라는 작자는 이 층부터 사무실 초인종을 눌렀습니다. 대부분 젊고 아름답고 건강한 여성들이 문을 열었어요. 친절하지만 의아한 표정으로 말입니다. 여성들은 아빠의 몰골을 보고 움찔하기 일쑤였습니다. 아빠는 추했고 병들었으니깐요.

여성들이 문을 닫으려고 하는 경우가 대부분이었어요. 그럴 때 아빠는 살짝 몸을 틀어, 비장의 무기인 저를 보여줬어요. 지나치게 어리고 귀여우며 병약한 저를요. 왜 제가 동정심을 언급했는지 이제 이해가 되시죠.

저는 흰 상앗빛 피부에 눈썹이 짙은 아기였어요. 가제 손수건으로 콧물을 닦아주지 않아 콧구멍에 누런색 콧물이 눌어붙었고 군데군데 상처 딱지도 있었죠. 항상 반지하 골방에서 추위하며 지냈기에 볼이 분홍색 실핏줄로 온통 빨갛게 물들어 있었죠. 입고 있는 옷은 누가 봐도 기증받은 게 분명한 퀄리티였지요. 아주 작고, 갓 껍질을 깐 찐 새우처럼 통통하고 순수한 손가락으로 아빠의 손을 잡고 있는 저를 거부한 여성은 단 한 명도 없었습니다. 그럼 아빠가 펀치 라인을 던지는 거예요.

"혹시 세제 필요하신가요."

그럼 여성분들은 조심스레 사무실 문을 열었습니다. 아빠는 여성들이 도저히 거부할 수 없도록 마침표를 찍었죠.

"안에 들어가서 단가표를 보여드려도 될까요."

단가표라 해봤자 에이포 종이에 매직으로 갈겨쓴 숫자에 불과했죠. 아빠라는 남자는 그렇게 피죤을 팔아치웠습니다. 이 층부터 십오 층까지. 그 빌딩에서 아빠에게서 피죤을 사지 않은 사무실이 없었어요. 언젠가, 제가 크고 나서 아빠가 제게 말했습니다. 저를 안고 사무실에 입장하면 게임 끝이라고요.

백전백승. 네 불쌍한 몰골 덕분에 훔친 피죤을 다 팔아치웠다고요. 우린 부유했습니다. 아니. 아빠는 부유했습니다.

아빠는 P읍의 반지하방으로 돌아와서 그 돈으로 월세를 내는 대신 아주 전형적인 행동을 했습니다. 뭐겠습니까. 문 앞에 커다랗게 '바둑이'라는 글씨가 쓰인 곳에 갔단 말입니다. 시트지로 건물 외부를 온통 발라놔서 안을 절대로 볼 수 없는 그런 게임장 말입니다. 네. 맞아요. 아빠는 거기서 돈을 다 잃었죠. 아빠는 다시 피죤을 훔쳐야 했어요. 그리고 피죤을 팔아야 했어요. 저를 안고 다녀야 했어요.

아빠는 제가 일곱 살이 되기 전까지 저를 안고 다녔어요. 나중에는 제 키가 커서 다리가 덜렁덜렁댔죠. 일곱 살이 되자 아빠는 저를 더 이상 안을 수가 없었어요. 피죤은 더 이상 팔리지 않았습니다. 아빠의 예언적 직감은 점차 무뎌졌습니다. 바둑이 게임을 하느라 섬세한 예지능력을 과도하게 사용한 겁니다. 머지않아 저는 초등학교에 입학했어요. 당연히 친구가 없었습니다.

제 키는 아빠라는 작자가 돌봐주지 않은 것과 반비례하게, 무지막지하게 자랐습니다. 아빠는 빚을 갚지 못해 손가락이 하나씩 잘렸답니다. 아빠의 손가락이 잘릴수록 제 키는 더 컸습니다.

130센티미터, 153센티미터, 161센티미터. 여덟 살치고는 꽤 컸지요. 이후에 키가 안 커서 문제였지요.

저는 가짜 어른이었어요. 말발도 어른 같았어요.

저는 초등학교에 입학할 때부터 옆 중학교에 다니는 일진들에게 수수료를 받고 담배와 술을 사다 줬어요. 생각해 보니, 어릴 때부터 저는 제 모습을 누군가에게 보여주고 대가를 받았습니다. 저의 외모가 마치 강철처럼 느껴졌답니다. 제 얼굴이 아마도 화폐가 아닐까요? 무조건 백전백승, 세제고 담배고 헤네시 파라디, 짐빔, 조니워커, 발렌타인, 참이슬까지 전부 다 살 수 있는 나의 외모. 저는 걸어다니는 지폐였어요. 게다가 저는 일진 무리가 무얼 원하는지 정확하게 알아차렸답니다.

야. 오늘은 소주보다는 짐빔이 땡기지? 그거 사다 줄까?

오늘 팔리아멘트보다는 카멜 라이트로 사다 줄까?

일진 아이들을 꼬시는 방법이 뭔지 알아요? 비위를 맞춰주는 거예요. 그 아이들은 오로지 군림하길 원하는 컨트롤 프릭이 대부분이거든요. 그래서 대충 비위를 맞춰주고 듣기 좋은 말을 해주면, P읍에서 제일가는 담배 셔틀이 되는 거랍니다. 유능한 담배 셔틀이요. 먹고사는 건 그런 거래요.

저는 부유해졌습니다. 아빠는 어느 순간부터 계속해서 쪼그라들었죠. 풍선에 바람이 빠지듯이. 손가락은 고작 세 개 남았어요. 바둑이를 하느라 진 빚 때문에 장정들이 매일같이 반지하 집의 낡은 문을 두드렸습니다. 이레즈미 문신을 팔뚝까지 한 그런 장정들 말입니다. 아빠라는 작자는 아주 쪼그라들어 버려서 매우 어렸던, 청색 트럭 조수석에 겨우 앉아 있었던 어린 저만큼이나 작아졌어요. 아빠는 그 조그만 몸을 이끌고 장롱에 숨었습니다. 장정들을 제가 처치하도록, 비겁하게 말이에요. 저는 철문을 활짝 열고 깡패를 맞았답니다. 깡패들은 거대한 승모근을 자랑하며 둔탁한 몸짓으로 쓰레기장이 된 집 안을 둘러보곤 했답니다. 그러면 저는 깡패에게 아빠가 저를 버리고 도망갔다고 거짓말을 했어요. 정중하게. 부드럽게. 그리고 울먹이며 이렇게 물었어요.

"있잖아요. 저 오빠랑 같이 우리 아빠를 찾으러 다니면 안 될까요?"

깡패가 두꺼운 손가락으로 코를 파며 되물었어요.

"왜?"

"아빠가 제 돈을 훔쳐 달아났거든요. 제가 담배 셔틀 해서 번 돈을요."

"얘야."

"저 좀 데려가 줘요."

그러면 깡패들은 전화받는 척하며 뒷걸음질한답니다. 휴대전화가 꺼진 게 빤히 보이는데도 전화 받는 척을 하죠. 저는 깡패가 떠나면 현관문을 닫고 장롱 앞으로 갔답니다. 장롱 문을 활짝 열고 깡패가 갔다고 큰 목소리로 아빠에게 말했답니다. 아빠는 장롱 속에 숨어서 엎드려 있었어요. 벌벌 떨면서. 음. 그때 아빠의 모습을 보고 떠오른 게 있었어요. 시내에 나가면 트럭에서 마른 통닭구이를 팔거든요. 아빠가 꼭 그 통닭구이 같았어요. 그만큼 쪼그라들었어요. 어깨는 처졌고 야망은 없었죠. 저는 아빠에게 동정심을 느낄 수 없었습니다. 동정이라는 감정을 제가 초등학생이 되기 전에 이미 소진해 버린 것 같았죠. 대신 제게 남은 건 분노와 폭력이었습니다.

저는 매일 시간을 정해두었어요.

저녁 여덟 시 반에 알람을 맞춰뒀어요. 여덟 시 반이 딱 좋았어요. 매일 저녁 아빠는 아주 작은 담요 위에 누워서 자고 있답니다. 이제 여덟 시 반에 알람이 울리겠죠. 그러면 저는 아빠를 발로 찼어요. 십 분 정도, 매일같이. 죽었으면 하고. 매일.

사실 요즘에도 꿈을 꾼답니다. 아빠를 발로 차는 꿈을요. 꿈속의 저는 킥 하나당 한 문장씩 내뱉어요.

내 진짜 부모님은 누구지.

내 어머니는 누구지.

내 아버지는 누구지.

나는 어디서 왔지.

제가 열한 살이 되자 아빠는 세 살 때 저처럼 작아졌답니다. 지는 홀로 먹고살 만큼 부유한 담배 셔틀이었기에 더 이상 아빠를 신경 쓰지 않았어요. 집구석 담요에 누이고 그냥 내버려뒀어요. 죽든지 말든지. 제가 알 바예요? 아빠가 그 말을 하기 전까지는 그랬어요. 그 말이란 이거랍니다.

"애야. 우리 옛날처럼 트럭을 타고 물건을 팔자. 애비 소원이다."

사람들은 항상 자기 인생의 전성기로 되돌아가고 싶어 하죠. 더욱이 울적한 시기라면요. 저는 그때 막 소설 읽기에 마음을 붙였어요. 백일장은 전부 제가 휩쓸었답니다. 교내 백일장 아닙니다. 전국 백일장 말이에요. 저는 소설 쓰는 담배 셔틀이었습니다.

제가 좋아하는 소설가는 단연코 블라디미르 나보코프였습니다. 그 소설가의 문체에는 참 이상한 게 있었어요. 문체에서 모든 걸 그리워하고 있었어요. 미칠 듯한 그리움과 향수였어요. 저는 이 글을 쓰는 시점에 열다섯 살일 뿐이고 문학 천재가 아니라서 그저 그리움과 향수라는 간단한 단어로밖에 나보코프의 문체를 설명할 수밖에 없군요. 정말 통탄스럽고 슬퍼요. 선생님과 작문 수업을 함께하면 알맞은 단어를 찾을 수 있겠지요.

그나저나 이 러시아 출신 소설가는 도대체 무얼 그리워하는 걸까요. 서배스천 나이트의 인생 혹은 돌로레스와 함께 한 여행의 추억? 이 사람의 문장에서는 어떤 자력이 느껴져요, 선생님. 강렬하고 밀어낼 수 없는 그런. 뭐라고 설명해야 할까요. 오오, 말하라, 기억이여. 저는 열세 살이 되기 전 마지막 여름방학에 아빠라는 남자와 일전에 했던 여행을 다시 시작했어요. 나보코프의 노스탤직한 문체 덕분에 아빠와 서울을 돌 기회가 생겼어요. 저는 문학적 감상에 빠져 아빠의 요청을 받아들였답니다. 곧 말하겠지만 제프리 양 선생님과의 만남을 주선한 것도 어쩌면 나보코프겠죠.

열세 살의 제가 제프리 양 선생님과 만난 건 제 짧은 인생의 전환점이었습니다.

저는 쪼그라든 아빠를 아기처럼 들고 서울을 돌기 시작했습니다. 저는 운전면허도 없고 운전할 줄도 몰랐으니 우선 빨간색 시외버스를 타고 강변역으로 향했어요. 2호선 순환 지하철을 타고 어디로 가야 할지 몰랐죠. 마포구로 가야 할까. 도대체 어디에 가야 할까. 아빠라는 작자처럼 공장을 돌아다니며 피죤을 훔칠 생각은 없었습니다. 제가 성인이 되면 불법적인 일을 저지를 수도 있겠죠. 하지만 그때는 그러고 싶지 않았습니다. 아빠 같은 사람이 되고 싶지 않았으니까요. 적어도 성인이 되기 전까지는요.

저는 노약자석에 아빠를 안고 앉았습니다. 제게 당장 노약자석에서 일어나라고 화내는 노인은 전혀 없었어요. 고작 삼십 센티미터로 수축한 작은 아빠를 품에 안은 아이에게는 자리를 양보해 달라는 말보다는 위로가 어울리지 않았을까요.

노인들도 그걸 알았는지 제게 은단이나 아카시아 껌 따위를 주었죠. 아빠는 한창 좀도둑 새끼로 살 때의 혈기 왕성함은 벗어버리고 노인들이 주는 은단을 예의 바르게 씹어 먹었죠.

하지만 이놈의 작은 좀도둑 자식은 불만이 가득했습니다. 2호선으로 서울을 한 바퀴 돌기만 했을 뿐 예전처럼 돈을 벌지 못한다는 이유였죠. 광지야. 기억해 봐. 우리가 피죤을 들고 마포구의 금색 빌딩 계단을 오르던 그 시절을. 우리는 하루에 이백오십만 원을 번 적도 있었단다. 하하. 어쩌라고? 도대체 어른들은 왜 그토록 자신의 일명 전성기 시절로 돌아가고자 하는 걸까요? 지하철을 드나들며 열차에 붙은 전면광고에서 제프리 양 선생님의 자서전을 보고서도 그런 생각을 했습니다.

자서전 쓰기란 본래 회상하고자 하는 멋진 과거가 있는 사람에게만 주어진 특별한 권리라고 생각합니다. 제가 크면 자서전 따위는 쓰지 않을 겁니다. 그런 면에서 제프리 양 선생님의 인생이 좀 부러웠어요. 그러므로 저는 그분의 자서전을 사야 했어요. 저는 아빠를 안고 삼성역에 내렸습니다.

'제프리 양, 그 대단한 영광을 회고하다'

역에 내려 교보문고로 가는 내내 제프리 양 선생님의 자서전 광고가 벽 전면에 시트지로 붙어 있었어요. 책의 표지는 온통 금색이었어요. 광고지는 극적인 효과를 내기 위해서 금색 셀로판지로 장식되었지요. 금색 셀로판지는 코엑스의 매끈한 바닥과 맞물려 반사되었어요. 저는 눈이 부셨어요. 광고지 가까이 가서 접착이 덜 된 셀로판지를 조금 뜯었답니다. 이렇게 하면 금융계의 거물로 화려한 인생을 살다가 은퇴하고, 한국의 불우 아동들을 위해 재단을 설립한 선생님의 위대함을 조금이라도 간직할 수 있을까 싶어서요.

이 셀로판지에 제프리 양 선생님의 기질이 담겨 있다면 얼마나 좋을까.

저는 광고를 지나 서점으로 향했습니다. 서점으로 가는 동안 제 양옆으로 플라밍고색, 올리브색, 돌고래색의 예쁜 젤리와 사탕, 솔티 캐러멜을 올린 와플이나 황금빛 거품이 이는 에스프레소 커피를 파는 가게들이 즐비했답니다. 삼라만상이었고 파라다이스였어요. 이런 곳에 자기가 쓴 자서전의 광고가 걸리는 기분은 어떨까. 글 쓰는 사람으로서도, 한 사람으로서도 제프리 양 선생님이 부러웠습니다.

드디어 코엑스에 있는 서점에 도착했습니다. 입구에서부터 코엑스 초입에서 저를 반겼던 금빛 셀로판지가 번쩍였습니다. 저는 주머니에 쑤셔 넣었던 셀로판 조각을 다시 만지작댔죠. 아빠는 배고프다고 난리였지만 그따위 소음은 제 귀에 들어오지 않았습니다. 서점 입구에 제프리 양 선생님의 자서전이 마치 고대의 제단처럼 전시되어 있기 때문이었어요. 책 수

십 권을 쌓아 피라미드 형태로 만들었더군요. 피라미드의 양옆에는 황금빛이 감도는 셀로판지가 화염의 날개처럼 펼쳐졌어요.

저는 아빠를 안은 채로 책 한 권을 집었습니다. 아빠는 곤히 잠들었더군요. 저는 서점의 깊숙한 곳으로 가 아무도 없는 장소를 찾았습니다. 한국 소설 서가에 사람이 한 명도 없었어요. 저는 아빠라는 작자를 바닥에 누이고 제프리 양 선생님의 자서전 첫 페이지를 폈습니다.

놀라운 사실 첫 번째.

제프리 양 선생님 역시 저처럼 길에서 태어났습니다. 책을 쥔 제 손바닥에 땀이 났습니다. 책 종이가 땀에 젖어 얇아졌습니다.

놀라운 사실 두 번째.

제프리 양 선생님은 저처럼 길에서 태어나 P읍의 보육원에서 자랐습니다. (여기서 한 번 더 전율이 일었습니다. 저와 같은 P읍 출신이라니!) 장학금을 받고 서울대 경제학과에 입학한 선생님은 이미 대학교 2학년 때 한 은행 금융그룹의 인턴사원으로 일하셨다고 합니다. 그러다 운명적인 만남이 성사됩니다.

인턴사원으로 일하던 시절 회식 자리에서 한국 속옷의 명품화를 이끈 X그룹의 회장님을 만나게 된 것이죠. X그룹 회장님은 총명한 제프리 양 선생님의 기질을 일찍이 알아차렸습니다. 그래서 제프리 양 선생님의 멘토를 자처하게 된 겁니다. 제프리 양 선생님은 이 만남을 회고하며 자기 인생에서 일어난 최초의 행운이라고 서술하셨습니다.

저는 그 부분을 읽으며 제프리 양 선생님이 정말 겸손하시다고 여겼어요. 아무리 행운일지라도 선생님의 뛰어난 능력이 없었다면 X그룹 회장님이 제프리 양 선생님과 가까워질 생각을 했을까요? 저는 솔직히 최근 음식 예능에 나온 제프리 양 선생님의 인자한 이미지밖에 잘 모르고 있었어요. 되게 유명하고 돈도 많은 분이시지만 어떤 인생을 살았는지 제가 어떻게 알겠어요? 그 이후 선생님의 행적을 읽으려던 중 아빠가 잠에서 깼습니다.

"광지야. 오늘 돈은 벌었니."

저는 책을 덮고 아빠를 보았어요. 그 남자의 눈에 눈곱이 덕지덕지 붙어 있었어요. 입에서 광대까지는 침 흘린 자국이 있었고요. 저는 화가 치밀었습니다. 어쩌면 인생을 바꿀 수도 있는 중요한 독서를 하고 있는데 아빠라는 작자가, 아니, 자그마한 아이를 훔친 좀도둑이라는 작자가 한다는 말이, 돈은 벌었냐, 라니요.

저는 이날 최초의 도둑질을 행했습니다.

사리에서 일어나 아빠를 안고 옆구리에는 책을 꼈습니다. 그렇게 아무렇지도 않은 척 서점 출구로 나간다면 집에 가서 나머지 페이지를 읽을 수 있었어요. 하지만 운명은 지독했고 저는 미련했습니다. 출구를 나가는 순간 도난 비상벨이 울리는 겁니다. 옷을 차려입은 가드들과 직원들이 제게 다가왔어요. 직원은 제게 다가와서, 가끔 도난 비상벨이 오작동하는 경우가 있으나, 의례적인 과정으로 짐 검사는 해봐야겠다고 말했죠.

아빠는 도난 비상벨 소리에 놀란 건지 조개처럼 입을 다물었어요. 그리고 서점 직원은 제 옆구리에서 제프리 양 선생님의 자서전을 찾아냈습니다. 서점 직원은 저 때문에, 초등학생으로 보이는 어린 좀도둑 때문에 골머리를 앓는 것처럼 보였어요. 그때 아빠라는 작자가 발작적으로 괴성을 지르며 웃기 시작했답니다.

"이 멍청한 광지가 드디어 나처럼 좀도둑질을 하는구나."

아빠의 웃음소리가 커졌습니다. 아빠는 뭉툭한 손가락으로 저에게 삿대질하며 종국에는 운명에 따라 좀도둑이 되어버린 자기 딸을 비웃었습니다. 저도 모르게 눈물이 흘렀습니다. 흐하하하. 트하하. 아빠라는 작자는 그렇게 웃다가 뒤로 넘어가기도 했지요. 제가 울며 말했습니다.

"저는 이 책을 끝까지 읽고 싶었을 뿐이에요."

첫 번째 운명적 만남.

직원은 그길로 제 손을 잡고 직원 사무실로 향했습니다. 가

드는 제 주변으로 몰려든 사람들을 몰아내고 있었고요. 저는 울면서 직원을 따랐습니다. 제 손을 잡은 직원의 손은 미지근했고 부드러웠지요. 그분께서는 저를 의자에 앉히고 진정할 때까지 기다려주셨습니다. 아빠가 잠잠해지고 저 역시 눈물을 그치자 직원이 제게 묻더군요. 왜 그랬냐고요.

"책을 끝까지 읽고 싶었을 뿐이에요."

"정말 그 이유에서예요?"

제가 고개를 끄덕였습니다. 저는 내뱉듯이 한마디 더 했죠. 왠지 그래야 할 것 같아서요.

"돈 좀 빌려주세요. 집으로 돌아갈 돈이 없어요."

직원은 제게서 제프리 양 선생님의 자서전을 빼앗고 대신 천 원 지폐 열 장을 쥐어주었습니다. 서점에서 나와 삼성역으로 내려가는 길에 아빠는 조용히 홀로 중얼댔습니다. 광지는 만 원을 벌었네. 길에서 태어나고 주워 온 우리 딸. 만 원을 벌었구나.

"닥쳐."

아빠라는 작자에게 소리쳤어요.

두 번째 운명적인 만남.

제가 제프리 양 선생님께 연락을 받은 건 다음 날이었습니다. 휴대전화는 아니고 학교로 연락이 왔습니다. 음, 연락이라기보다 누군가가 저를 찾아왔어요. 점심을 먹고 나니 담임선생님이 저를 불렀어요. 선생님은 마치 제가 자기 학급에 있다는 걸 그날 처음 안 사람처럼 굴었죠. 광지, 네가 광지로구나. 선생님은 계속 중얼댔어요. 선생님을 따라 교무실로 가니 정장을 잘 차려입은 한 남자분이 계셨습니다. 그분을 그날 이후 두 번 정도 본 것 같아요. 첫 번째는 제가 '행복한 아이들'의 복지 재단 기숙사에 가야 하는 날 리무진을 타고 오셨을 때, 두 번째는 바로…… 그 이야기는 나중에 하도록 할게요.

제가 자기소개서에 서술할 수 없을 정도로 기묘한 일이어서요. 선생님의 도움이 필요할 것 같아요. 제게 꿈을 묘사한 조각 글이 있는데, 꿈 이야기 작문 시간에 읽어보시고 꼭 대답해주세요.

다시 과거 이야기로 돌아갈게요. 그때 그 남자분의 정장은 얼마나 빛나던지요. 검은색 정장이었음에도 윤기가 돌아 언뜻 푸른빛처럼 보였어요. 넥타이에 꽂은 핀은 제가 처음 보는 빛을 띠었어요. 마치 책에서나 본 흑요석을 실제로 본다면 그런 광채가 나지 않을까 했습니다. 남자분은 투명한 안경테를 걸쳤고 치아는 안경테보다 더욱 투명했답니다. 하얗다 못해 푸른색을 띠었지요. 그분은 제프리 양 선생님의 비서 중 한 분이셨습니다. 제가 교무실에 들어가자 그 남자분이 다가왔답니다.

그분의 구두 굽 소리마저 굉장히, 뭐랄까요. 고급스러웠습니다. 얇은 운동화 밑창이 바닥과 마찰하는 그 비열한 소리(이 소리는 아시는 분들만 아실 테죠)가 아닌 묵직하지만 날렵한 소리. 음(音), 노트로 치자면 장조에 해당할 그 구두 굽 소리. 저는 소리에 압도당한 채 어깨를 구부정하게 말고 고개를 숙이고 있었습니다. 가난과 부족, 결핍이 언제나 기본이었던 제게 그분의 과잉은 도무지 익숙해질 수 없는 것이었지요. 저는 용기를 내서 고개를 들어 그분을 보았어요.

"회장님 자서전이 그토록 읽고 싶었니?"

저는 고개를 끄덕였어요.

"회장님의 어떤 면이 그렇게 궁금해서?"

사실 저는 알았어요. 교무실에 있는 선생님들, 선생님과 면담하러 온 아이들 모두 비서와 제 이야기에 귀를 기울이고 있다는 걸요. 저는 침묵이 익숙하지 않았어요. 제가 매일같이 마주한 건 무관심이 충만한 와자지껄함이었지, 관심이 집중된 고요가 아니었습니다.

"회장님도 P읍 출신이라고 들었어요."

제가 대답했습니다. 그분은 저를 향해 고개를 기울였어요.

"같은 지역 출신으로서 저도 제프리 양 선생님처럼 성공하고 싶었습니다. 저는 초등학교에 입학하고 책을 많이 읽었어요. 책은 제게 항상 진실과 방법을 주었어요."

침묵.

"제프리 양 회장님의 자서전 역시 제게 방향을 알려줄 거라 믿었어요."

계시.

제가 비서에게 말하고자 했던 이야기의 주제는 계시가 아니었을까요.

"네가 마음껏 책을 읽을 수 있도록 지원해 주기로 결정했단다."

비서가 말했어요. 저는 무슨 뜻인지 이해가 잘 가지 않았지만 우선 고개를 끄덕였습니다. 집에 와서야 비서가 내비친 의사가 무슨 뜻인지 알 수 있었어요. 하교하고 집에 도착했을 때 집 앞에 아주 기다란 차가 주차되어 있더군요. 저는 덜컥 겁이 나서 오줌을 지릴 뻔했습니다. 아빠에게 돈을 갚으라고 협박하러 오는 깡패들이 항상 그렇게 좋은 차를 몰고 찾아왔거든요. 물론 깡패들의 어떤 차보다 고급스러워 보였죠. 푸른빛. 비서 아저씨가 입었던 극도로 고급스러운 검은 정장이 발하던 푸른빛을, 기다란 차 역시 발산하고 있었답니다. 저는 얼떨떨한 상태로 집으로 내려갔어요.

한 남자가 구부정하게 거실에 서 있었지요. 키가 얼마나 크던지 작은 우리 집에 억지로 구겨서 집어넣은 것 같았습니다. 제게는 그토록 편한 층고의 집이 누구에겐 불편할 수 있다는 걸 처음 알았습니다. 키가 큰 남자의 머리카락은 은색과 회색이 섞여 있었습니다. 구레나룻 부분은 완연히 은색으로 물들었던 게 기억납니다. 그분은 무언가 확인하려는 것처럼 허리를 굽히셨죠. 네가 광지냐고, 그분이 물어보셨어요. 아빠는 소파에 잠자코 앉아 있었어요. 저는 아빠가 발악할까 봐 괜히 걱정이 되었죠.

"네가 서점에서 내 책을 훔치려고 했던 귀여운 반항아구나."

사실 역광 때문에 제게 말한 분의 얼굴이 잘 보이지 않았습니다. 다만 은색 구레나룻이 빛에 반사되어 낚싯줄처럼 빛났죠. 저는 용기를 내 가까이 가서 그분을 향해 고개를 치켜들었습니다. 그분의 얼굴에는 눈과 코, 입 주위로 괄호 모양 주름이 졌답니다. 그분의 주름은 꼭 자신이 중요한 사람이라는 걸 남들에게 알려주는 표지 같았어요.

네. 그분은 제프리 양 선생님이셨어요. 누가 봐도 중요한 사람이었지요. 가까이 있으면 묵직한 중압감이 느껴지는 사람. 함부로 대할 수 없는 그런 사람. X그룹 회장님도 저와 같은 긍정적인 위압감을 느꼈을 겁니다. 묘한 홀림. 저는 그분을 놓쳐서는 안 된다는 강렬한 예감에 휩싸였어요. 제프리 양 선생님도 제 생각을 읽으신 건지 제게 말하셨어요.

"복지 재단 바로 앞에 살고 있더구나. 너와 나는 꽤나 인연이 깊은걸."

어린 시절부터 반지하방의 작게 난, 거의 나무토막만큼 작은 창문을 통해 본 큰 건물이 바로 제프리 양 선생님의 복지재단 시설이었습니다. 순간 두 살 때 아빠라는 남자에게 납치되었던 장면이, 피죤을 팔러 트럭으로 유랑하던 시절의 장면이, 책을 읽겠다는 열망으로 좀도둑질을 했던 장면이 파노라마로 펼쳐졌습니다. 열세 살의 저는 그 짧은 순간, 아마 제가 겪지 않아도 되었을 일련의 사건들이 진정 제프리 양 선생님과 만나기 위한 예행연습이 아니었을까, 하는 깨달음이 들었어요.

제프리 양 선생님이 제게 가까이 오셨습니다. 선생님은 제 양손을 맞잡았어요. 제프리 양 선생님은 아주 부드러운 가죽 장갑을 끼고 계셨어요. 저와 손을 맞잡았을 때 가죽이 뒤틀리는 소리가 났어요. 그 소리는 왠지 소름 끼치면서도, 제프리 양 선생님의 아주 특별한 강점으로 다가왔습니다. 동시에 선생님이 제게 무얼 원하시는 건지 알 수 없었습니다. 이 무식한 머리로는요. 사과해야 할까요. 어떻게? 정중하게? 저는 울먹이며 말했습니다.

"아, 선생님, 제가, 죄송합니다. 도둑질한 거 정말 죄송합니다."

"아니야. 광지, 자네는 정말 뛰어난 사람이야."

제프리 양 선생님께서 제 손을 더욱 힘주어 잡으셨답니다.

악력이 대단하셨어요. 가죽이 맞물리는 소리도 컸죠. 그분이 손톱으로 제 손바닥을 간질대는 게 느껴졌어요. 저는 잠시 혼란스러웠어요. 그럼 내가 잘못한 게 아니란 말인가?

"도둑질에도 하얀 도둑질이 있고 검은 도둑질이 있단다. 네가 한 건 아주 고귀한, 진실을 추구하려는 마음에서 한 하얀 도둑질이야."

제프리 양 선생님이 제 머리를 쓰다듬으셨어요. 그가 아빠라는 작자를 향해 말했습니다.

"이 아이는 참 특별한 아이입니다. 더 좋은 환경이 필요해요."

아빠가 한숨 섞인 목소리로 제프리 양 선생님이 아닌 제게 대답했습니다.

"광지야. 나도 이제 더 이상 너를 감당할 수 없단다."

제가 두 번째로 태어난 순간이었습니다. 저는 제프리 양 선생님이 만든 재단 산하의 대안학교 기숙사에 입학하게 된 것입니다. 물론 초등학교는 자퇴하고 말입니다. 중학교는 입학하지 않을 것이고요.

제프리 양 선생님의 행복한 아이들의 복지 재단, 줄여서 '행아복'의 교육 학원 및 기숙사는 마포 지점, 송파 지점 두 군데 있었고요. 그중 장래가 특출나 보이는 아이들만 따로 선발해 울릉도 옆에 있는 무인도에 지어진 기숙사로 보냈습니다.

그곳은 제프리 양 선생님이 소유한 섬으로서, 오로지 빈곤하고 위험에 처해 있는 아이들을 위해 만들어진 곳이었죠. 제프리 양 선생님 역시 P읍이라는 자그마하고 버려진 동네에서 고군분투했기 때문에, 은퇴할 시점인 지금, 아이들을 위한 복지에 남은 인생을 바치겠다는 포부를 가졌다고 합니다.

행아복의 엘리트만이 갈 수 있는 그곳, 선택받은 자만이 발을 디딜 수 있는 섬으로 가려면 보트를 타야 했습니다. 사실 저도 섬에 몇 명의 아이들이 있는지는 몰라요. 보트 역시 저 혼자 탔어요. 그 보트는 오로지 저만을 위한 특급 보트였으니까요. 소다색이 감도는 최고급 보트. 엔진 굉음마저 비싸게 다가왔던. 보트에는 저와 선장님뿐이었습니다. 그마저도 선장님은 제게 일절 말을 걸지 않았어요.

"섬 이름이 뭔가요?"

제가 선장님께 물었어요. 선장님은 대답하지 않았죠.

섬에는 모든 게 있었답니다. 식당과 극장, 마트, 편의점, 오락실, 사우나, 마사지실, 헬스장, 운동장, 수영장, 공연장, 연회장, 병원. 기억할 수 있는 건 이 정도네요. 한 학급당 인원은 총 다섯 명이었지만 총 몇 학급인지는 모르겠어요. 다른 아이들과 거의 교류가 없었으니까요. 수업도 다른 곳에서 받았고 식사와 휴식도 마찬가지였어요. 게다가 말이 같은 학급 친구들인 거지, 아이들과 노는 시간은 거의 없었답니다. 체력 증진 시간이나 식사 시간을 제외하고요.

섬에는 규칙이 거의 없었어요. 광지야, 그러면 안 돼, 광지야, 그건 옳지 않아요, 그렇게 하지 않아요, 라고 말하는 사람이 없었어요. 규칙이 딱 하나 있다면 같은 학급 친구들과 가까이 지내지 않는 것. 다른 학급에 누가 다니는지 궁금해하지 말 것, 이었어요. 공부에 집중하게 하려는 제프리 양 선생님의 큰 뜻이라고 전해 들었지요.

어려운 일은 아니었어요. 섬에 모인 아이들은 오로지 밝은 미래만을 꿈꿨거든요. 친구들과의 추억이 아니라.

추억은 나중에 돈을 많이 벌면 살 수 있지 않을까요?

학생들은 모두 개인 과외를 받았지요. 방도 한 사람당 하나였고요. 침대 매트리스는 얼마나 푹신했는지 몰라요. 베개는 두 개가 있어서 높이를 조절할 수도 있었어요. 식사. 아, 식사가 가장 그립습니다. 섬에서의 삼시 세끼는 정말이지 제가 태어나서 결코 경험해 본 적이 없던 환상적인 음식으로 가득했어요.

라따뚜이, 립 아이, 치즈를 담뿍 뿌린 닭다리, 마제 소바, 군만두, 회오리감자. 버터를 기름으로 만들어 껍질에 뿌린 랍스터가 나왔을 때, 저는 지글지글 끓는 선홍색 껍질 앞에서 눈물까지 나오려고 했답니다. 이런 냄새가 존재할 수 있는 걸까? 다른 사람들은 이제껏 이런 냄새를 일상적으로 맡았던 걸까?

쪼그라든 아빠를 들고 삼성역에 갔었던 내가 먹방 유튜버들이나 먹는 랍스터를 먹어도 될까, 과연 내가 집게발을 뜯을 자격이 있을까 하는 마음에요. 제 옆에 앉은 친구는 실제로 울기까지 했답니다. 녀석은 손등으로 눈물을 닦으며 제프리 양 선생님께 평생 동안 감사할 것임을 맹세한다며, 선생님이 원하는 게 있다는 모든 것을 바칠 준비가 되어 있다고 말했죠. 두 손을 모으고 마치 기도하는 자세로 말입니다.

킹크랩과 치토스 과자를 으깨 곁에 두른 치킨,

돈코츠 라멘, 김을 곁들인 참치 회.

페퍼로니 피자. 족발과 냉채. 떡갈비.

매일 나오던 제로 라임 콜라. 추운 날에는 뱅쇼.

저는 음식이 주는 어떤 권위, 독보적인 냄새가 주는 권력 같은 걸 느꼈어요. 내가 아빠랑 살았더라면 이런 음식을 먹을 수 있었을까? 아빠는 샤넬 향수만 알았지, 이런 독특한 세계 음식을 먹어본 적이 있을까? 아빠는 내게 이런 음식을 사줄 생각을 해보긴 했을까?

섬에서는 심지어 학생들의 건강까지 관리했죠. 아침과 저녁, 매일 방으로 영양제와 포카리스웨트가 담긴 접시를 주었답니다. 저는 접시 뒷면에 쓰인 상표를 기억해 뒀다가 인터넷에 검색해 보았어요. 비싸더군요. 그토록 귀한 접시에 담아주시는, 특히 저녁에 주시는 영양제 캡슐을 먹고 난 뒤로는 누우면 바로 잠이 들었어요. 드르렁, 드르렁. 밤 아홉 시만 되면 코고는 소리가 일제히 울렸어요. P읍 반지하에 살면서 거의 매일 밤을 지새우던 때와는 달랐어요. 저는 깊이 오래 잤어요.

꿈도 많이 꿨고요.

저는 문학 특기생으로 예고 진학을 준비 중이었답니다. 행아복의 교육 학원은 이미 대안학교로 지정되었기에, 고등학교 진학 지원에 전혀 문제가 없었어요. 물론 학비는 전액 무료였고요. 모든 분야에서 최고인 선생님들이 저를 가르치러 섬에 방문했습니다. 텔레비전과 유튜브, 인스타그램에서 유명한 사람들이 선생님이나 초청 인사로 강연하러 오셨어요. 제가 잘 알지는 못하지만 정치인들도 가끔 왕래하신다고 들었어요. 초청 인사 강연은 연회장에서 토요일마다 호화롭게 열렸어요. 학급마다 강연하시는 분은 전부 달랐답니다.

제가 처음으로 들은 강연은 X그룹 회장님의 강연이었습니다. 저희 학급 다섯 명과 제프리 양 선생님, X그룹 회장님이 함께했습니다. 드넓은 연회장에는 샹들리에가 세 개나 달렸어요. 곳곳에 난 커다란 창문은 촉감이 좋은 두꺼운 커튼으로 가려져 있었어요. 학생 두 명씩 원형 테이블에 앉았어요. X그룹 회장님은 멕시코 요리를 좋아하신대요. 뷔페는 어마어마했죠. 제가 발음조차 하기 힘든 독특한 음식들이 네모난 은색 통에 담겼어요. 선생님들은 맥주를 드셨어요. 학생들은 알코올을 마실 나이가 아니다 보니 포카리스웨트를 마셨어요. 음. 하지만 사실 맥주를 마시는 학생들도 있었어요. X그룹 회장님이 어른이랑 함께하면 술을 마셔도 된다고 했습니다. 술을 마신 학생 중 하나가 저예요.

학생들은 사실 서로 할 말이 없었어요. 잘 아는 사이도 아니었고요. 어떤 연예인을 좋아하는지도 몰랐죠. 문학 특기생인지, 체육 특기생인지 알 방도도 없었답니다. 서로 대화하지 않았으니까요. 학생들은 서로에게 집중하는 대신 선생님들에게 질문했습니다. 선생님들은 따로 상담실로 가서 아이들에게 미래에 관해 조언해 주시기도 했습니다. 저 역시 제프리 양 선생님의 상담실로 가서 여러 가지 대화를 나누었답니다. 제프리 양 선생님은 언제나 양손에 검고 보드라운 가죽 장갑을 끼시고 아이들을 상담실로 인도했어요.

선생님은 제가 문학이라는, 돈이 벌리지 않는 분야에 투신할 마음이 있다면, 외려 경제관념이 철저해야 한다고 조언해 주셨습니다. 저는 선생님의 말을 들으며 너무 긴장된 나머지 맥주를 벌컥벌컥 마셨어요.

선생님은 돈과 세상 돌아가는 이치를 몰라 몰락한 예술가들이 얼마나 많은지 아냐고 하셨죠. 저는 긴장을 누르며 애써 고개를 끄덕였어요. 제가 존경하는 선생님과 단둘이 있어서 그런지 긴장이 지나쳤죠. 감정이 오락가락 변했어요. 짙은 기뿜과 들뜸이 일순 일었다가 삽시간에 사라졌죠. 저는 갑자기 웃고 싶었어요. 억지로 웃음을 참느라 어깨를 웅크리자 선생님이 저를 따뜻하게 안아주셨습니다. 선생님이 제 컵에 맥주를 한가득 따라주셨어요. 선생님이 제게 말했습니다. 어른이랑 함께 마시면 괜찮아. 저는 정신없이 맥주를 마셨습니다.

그리고 저는 꿈을 꾸었습니다. 이상한 일이죠. 제프리 선생님과 함께 있으며 꿈을 꾼 건지 아니면 깊은 조언을 듣고 방에 들어와 꿈을 꾼 건지 알 수 없었어요. 악몽에 몸을 뒤틀다가 눈을 뜨니 제 기숙사 방 안이었습니다.

꿈 내용을 여기에 적지는 않을게요. 제가 작문 수업을 신청한 건 바로 이 꿈 때문이니까요. 보육원 방과 후 돌봄 활동 작문 프로그램을 읽다가, 제 눈을 사로잡은 회차가 바로 이거였어요. 3회차 수업: 자주 꾸는 꿈에 관해 작문하기.

선생님. 저는 섬에서 지내던 나날 내내 그 악몽을 꾸었답니다. 본래 꿈을 잘 꾸는 성질도 아니라 아직도 그 점이 제게 의문으로 남아 있어요. 악몽은 가장 불안한 시기에 꾸는 거 아닌가요. 저는 섬에서 그렇게 행복할 수가 없었거든요. 악몽과 현실의 격차가 저를 혼돈에 빠뜨렸어요. 게다가 제가 한 번도 생각해 본 적 없는 장면이 꿈에 나왔어요.

그러니까 이제껏 꾸었던 꿈은 제가 아는 세상을 바탕으로 나왔죠. 그런데 섬에 가서 꾸었던 악몽에는 정말 제가 생각하지도 못한 곳이 등장했답니다. 제가 겪은 적도 없는 내용이 나오기도 했지요. 꿈은 불쾌했어요. 저는 되도록 잠자길 피하려고 했어요. 닌텐도로 수박 게임을 하면서 밤을 새웠죠. 늘 잠이 부족했습니다. 코딩에 집중할 수 없었죠. 저는 더더욱 제프리 양 선생님께 매달렸습니다. 제프리 양 선생님은 제게 2G 폰을 선물해 주셨어요.

"이 휴대전화는 오직 너와 나만 소통하기 위해 주는 거란다."

제프리 양 선생님이 제게 말씀하셨어요. 저는 수업을 듣는 동안, 자습하는 동안, 책 읽는 동안 제 책상에 가지런히 놓인 제트블랙색 모토로라 전화기를 저도 모르게 보았어요. 언제쯤 전화가 올까. 언제 문자가 올까. 서울에서 많이 바쁘신 걸까. 쉬는 시간마다 저는 네이버에 제프리 양 선생님을 검색했고 그날 어떤 스케줄이 있는지 집착했습니다. 보트 엔진 소리가 간이 부두에 나기라도 하면, 저는 목을 길게 빼고 창밖을 살폈습니다. 누가 내리나 봐야 했기에.

가끔 환상도 보았습니다. 제프리 양 선생님이 비둘기색 정장을 입고 배에서 내리는 환상을요. 제프리 양 선생님은 양손에 커다란 종이 가방을 들고 계셨어요. 제가 모르는 백화점 브랜드의 로고가 찍힌 큰 사이즈의 가방을요. 저는 악몽을 피해야 했기에, 하루에 한 시간밖에 자질 않았어요. 잠이 부족해서 침대에 눕기만 하면 바로 잠들었습니다. 잠들면 다시 악몽이 펼쳐졌습니다. 저는 그래서 가능한 한 침대를 멀리하고 제프리 양 선생님만을 기다렸어요.

제프리 양 선생님과 보낸 시간이 그렇게 특별한 건 아니었습니다. 대부분 선생님의 침실에서 대화를 나누었어요. 저는 주로 선생님이 직접 따라주신 맛있는 맥주를 마시며 선생님의 이야기를 듣는 쪽이었습니다. 선생님께서는 사진에 관심이 많으셨죠. 그래서 제 사진을 찍었고…… 사진을 찍는 일 이외엔 아무것도 하지 않았던 것 같아요. 저는 어느 날 선생님께 인스타그램에 애들이 캐논 캠코더로 찍은 영상을 올리는 게 부럽다고 말했어요. 그다음 주에 선생님께서 제게 중고 캐논 캠코더를 사주셨죠.

"광지야. 캠코더란 외려 중고가 더 값지다는 걸 아니."

"왜요?"

"그 시대의 감성을 담고 있으니까."

저는 무슨 말인지 몰랐죠. 제프리 양 선생님은 캠코더의 렌즈에서 뚜껑을 빼고 여기저기를 찍었어요. 선생님이 촬영하는 동안 진짜 저는 아무것도 안 했어요.

아무것도.

하지만 그건 아무것도 하지 않는 게 아니었어요. 지금 와서 생각해 보면 그래요. 저도 무슨 이야기인지 모르겠지만 저는 아무것도 하지 않은 게 아니었어요. 아무것도 안 했다고 생각하고 싶은데 아무것도 안 한 게 아니었어요. 선생님이 캠코더로 저를 찍었고 포즈를 요구했어요. 그것밖에 안 했어요. 사실 저는 요구하는 포즈를 잘 못 지었어요. 그래도 제프리 양 선생님은 한 번도 절 윽박지르지 않으셨죠. 심지어 제가 그렇게 엉망진창으로 포즈를 지었음에도, 서울에서 섬으로 오실 때는 항상 선물도 주셨답니다.

무엇 무엇을 원한다, 라고 말하지 않았음에도 항상요. 제가 모르는 브랜드이지만 정말 좋은 브랜드의 만년필과 잉크, 만년필용 노트와 가죽 손목시계, 아이패드와 에어팟, 맥북과 캘빈클라인 브래지어를요. 다만 선생님과 함께 있을 때엔 긴장이 되어 그런 건지, 언제나 제 감정을 주체할 수 없었기에 제대로 고맙다는 인사를 하지 못했어요.

제프리 양 선생님은 제게 있어서 마음속의 아빠였어요. 졸리고 지친 저에게, 영원한 아빠였어요. 만약 그 작자가 아닌 제프리 양 선생님이 어린 저를 발견했더라면, 만약 제가 그 작자와 함께 피죤을 팔러 다닐 때 제프리 양 선생님이 저를 발견해 구해주셨다면 내 인생이 달라지지 않았을까. 만약, 만약이라는 단어가 제 머리에 항상 맴돌았습니다.

제프리 양 선생님이 나의 아빠였다면 어딜 갔을까. 마포구가 아닌 다른 곳에 가지 않았을까. 제프리 양 선생님은 제게 약속했어요. 대학교에 가면 방학 때마다 같이 스페인의 산티아고 순례길에 가자고 했어요.

드레스덴, 에든버러, 잘츠부르크에 가자고 했어요.

베를린도. 런던도.

제프리 양 선생님과는 거의 매주 주말에 한 번씩 만났던 것 같습니다. 저는 선생님과 함께 보냈던 따뜻한 시간을 회상하고 싶었죠. 그러나 선생님과 만나는 날이면 꼭 무지 졸리거나 긴장이 커서 그랬던 건지, 도무지 선생님과 무얼 했는지 기억이 나질 않는 겁니다. 저는 술에 약한가 봐요. 술 마신 뒤 기억이 나질 않았죠. 아. 그렇다고 잔 건 아닌데 잔 것도 아니고 깨어 있는 것도 아닌 요상한 상태였죠. 그래서 그런지, 제프리 양 선생님이 떠나고 나면 제게는 그저 그때의 느낌만이 온기처럼 남아 있었어요. 예전에 P읍 반지하방에 살 때 길고양이가 몰래 집에 들어와 방석 위에 한참 누워 있었던 적이 있어요. 고양이가 떠나고 나서 방석을 만져보니 따뜻했어요.

때때로 제가 몽롱한 상태에서 선생님께 무례하게 대했을까 봐 걱정이 들었어요. 저는 제프리 양 선생님과 만난 다음 날 항상 문자를 보냈어요. 먼저 죄송하다고 선수 쳤어요.

"선생님. 혹시 제가 어제 말실수하거나 그런 건 아니죠? 제가 요즘 잠을 잘 못 지서요. 사리 분별이 제대로 안 되어서요 죄송해요."

선생님은 언제나 걱정하지 말라고 답장을 보내주셨죠.

"왜 선생님과 만날 때면 몽롱한 걸까요?"

저는 답장했습니다. 선생님의 답장은 이랬죠.

"광지가 선생님을 만날 때면 무지 긴장하나 보다."

제프리 양 선생님과 만난 지 한 달 정도 지나자 아프기 시작했어요. 어딘가 아팠지만 어디가 아픈지 정확히 꼬집을 수는 없었어요. 처음 느껴보는 통증이어서요. 그런 적 있으신가요. 몸이 가려운데 어디가 가려운지 도통 모를 때 있잖아요. 제가 그랬어요. 쓰라리긴 쓰라린데 도무지 어디가 쓰라린지 알 수가 없었답니다. 보건실에서 샤론 동전 파스를 구해 왔지만 어느 부위에 붙여야 할지 감조차 잡히지 않았어요.

도저히 알 수 없는 아픈 부위. 저는 침대에 누워 허공에 대고 손가락으로 한 부분을 쿡 찍곤 했습니다. 그곳이 아픈 부위라고 생각하며 쓰다듬어주면 괜찮아질까 싶어서. 게다가 저는 잠을 하도 못 잤기에, 잠시라도 잠이 들면 몽유병에 시달렸습니다. 꿈속에서 저는 항상 바다 근처를 거닐었는데 정신을 차려보면 실제로 바다에 몸을 담그고 어푸어푸 수영 중이었습니다.

그러면 그럴수록 저는 제프리 양 선생님을 기다렸습니다. 제가 겪는 이 아픔은 어쩌면 제2의 아버지와도 같은 선생님을 만나기 위해 겪을 수밖에 없는 고통 같기도 했어요. 영화나 만화를 보면, 아니면 제대로 읽어본 적은 없지만 성경을 보면…… 말이에요.

이런 말을 제가 써도 될까 싶지만요.

순교자들은 항상 극심한 고통을 받지요. 글쓰기를 하면 할수록 저 자신을 적나라하게 드러내는 것 같아요. 작문 선생님. 저는 스스로 순교자라고 여겼던 것 같아요. 저는 아파야 했어요. 잠도 자지 말아야 했어요. 제프리 양이라는 저의 멋진 아버지를 만나기 위해서는 반드시 아파야 했습니다. 제프리 양 선생님의 온기와 따뜻함, 선물을 받기 위해서라면 어떤 고통도 참아야 했어요.

저는 아픔을 드러내지 않으려고 노력했습니다. 아프다고 징징대는 것이야말로 제프리 양 선생님에게 제가 보일 수 있는 최악의 반응이라는 직감이 들었어요. 참기. 참아내기. 그게 제가 해야 할 일이었어요.

하지만 저는 어느 순간부터 똥을 조절하지 못했어요. 제가 아픈 곳은 항문이었어요. 드디어 어디가 아픈지 알게 된 거죠. 학급에서 저 말고 다른 네 명도 전부 여자아이들이었어요. 행복의 섬에서 드문 단체 수업을 하던 날, 체육 시간이었습니다. 아이들과 함께 스쾃 연습을 하는데 갑자기 그 일이 벌어진 겁니다. 그날 점심에 랍스터가 나와서 정신없이 먹었거든요. 한 마리를 다 먹은 뒤 급식실로 향해 반 마리만 더 달라고 했이요. 그때 예상했어야 했는데. 과식은 언제나 설사를 부르잖아요. 그래서, 그래서. 그 일이 벌어진 거예요. 냄새와 함께. 아. 그러니까.

설사했다고요.

그날 이후 저는 고개도 들지 못하고 다녔어요. 스스로 음식량을 조절하지 못한 수치심에 공부도 거의 놔버렸지요. 갈수록 몽유병은 심해졌습니다. 꿈속의 저는 항상 잘못된 길을 선택했고, 두려움에 떨고 있었어요. 도무지 두려워할 일이 없었음에도 저는 매일같이 긴장 속에서 살았습니다. 꽉 닫힌 탄산음료를 관찰해 본 적이 있으세요? 천천히 뚜껑을 돌리면 탄산이 병 주둥이 쪽으로 몰려가요. 뚜껑을 열기 전까지 주둥이에서 서로 모여 긴장 상태로 대기하고 있죠. 제가 꼭 그랬어요. 전 뚜껑이 조금 열린 탄산수 같은 긴장감 속에서 살아갔죠.

긴장감의 해소는 이상한 방식으로 이루어졌고요. 똥을 싸는 방식으로요.

저는 결국 퇴학 조치 당했습니다. 저는 받아들이지 못하고 선생님께 연락했습니다. 제프리 양 선생님께서는 제게 답장하지 않으셨어요. 저는 제프리 양 선생님께 매일 문자를 보냈죠. 하지만 답장조차 받지 못했어요. 모든 게 믿을 수 없었고 꿈같았어요.

저는 일 년간 섬에서 보낸 나름의 유학 생활을 마치고 P읍으로 돌아왔습니다. 보트를 타고 육지에 내렸습니다. 비서는 저를 P읍내 슈퍼마켓 앞에 내려주었습니다. 자동차에서 내리자 다리가 후들거렸어요. 걷기 힘들었어요. 온몸이 아팠어요. 몸에 내가 모르는 상처가 있었어요. 멍이 있었어요. 똥이 있었어요. 비서가 마지막으로 제게 말했어요. 그 말이 아직도 제 머릿속에서 울리고 있어요.

"섬에서의 일은 다 꿈이라고 생각하거라. 삼류 영화라고 생각해. 그런 쓰레기 영화들의 엔딩에서 주인공이 이러잖아. 아, 전부 꿈이었구나, 하고."

저는 그렇게 다시, 세 번째로 길바닥에서 태어난 겁니다. 온몸이 욱신대고 팬티에는 온통 똥을 묻히고. 이미 열다섯 살이고. 잠은 잘 수 없었고. 잠을 자지 않으면 목감기가 올락 말락 하는 아슬아슬한 상태로 산답니다. 목이 칼칼해요. 돌기가 있는 특수 용액을 마신 것처럼 식도가 근질근질합니다.

바비큐, 파기름을 넣은 열라면, 타코, 알리오 올리오, 아사이볼, 연어 샐러드. 내겐 행복과 파라다이스였던 그 음식들. 나의 미래가 되었을 그 음식들. 그 황홀하던 음식 냄새들……

수신: 노을보육원 산하 즐거운 배움터 치유를 위한 작문 지도
　　　담당 Q 선생님
발신: 김 오로라

제목: (제목 없음)

첨부파일: 오로라.txt

　　저는 2010년 8월 1일 P읍 비닐하우스에서 어머니인 풍과 아버지인 땡땡 씨 사이에서 태어났습니다. 부모님은 불법체류 노동자였기 때문에 산부인과에 가고 싶지 않으셨다고 합니다. 아버지의 이름은 아직도 모릅니다.
　　어머니가 저를 낳자마자 비닐하우스 내부에 부유하는 오로라 환각을 보았다고 합니다. 그래서 제 이름이 오로라가 되었습니다. 부모님은 비닐하우스에서 딴 딸기를 담는 튼튼한 상자에 저를 넣었습니다. 담요가 없어서 방수포를 개어 넣었다고 합니다. 그길로 저를 노을보육원 입구에 두고 초인종을

눌렀다고 합니다. 내 이마에는 노란색 쪽지가 붙어 있었다고 합니다. AURORA, 이 한 단어가 쪽지에 쓰여 있었다고 했습니다. 그러니까 어, 보육원 선생님들이 제게 그렇게 말했다는 뜻입니다. 아무튼 그래서 모두 저를 오로라라고 불렀습니다. 보육원장님의 성을 따라 저는 김 오로라가 되었습니다. 보육원장님 호적으로 들어갔고요.

보육원장님께 항상 감사합니다.

제가 여덟 살이 되었을 때 우연히 엄마를 찾았는데 엄마라는 여자는 상습 대마초 흡연 혐의로 경찰서에 왔다 갔다 했습니다. 8시 뉴스에도 나왔습니다. 부원장님께서 엄마랑 인사하겠냐고 했지만 저는 안 한다고 했습니다. 저는 대마초 연기 사이에서 태어났어요, 하고 부원장님한테 말했더니 부원장님은 그냥 웃기만 했습니다. 부원장님은 절대로 뉴스를 찾아보지 말라고 했지만 저는 검색해 봤습니다. 수건으로 손을 가리고 후드를 쓰고 있어서 그런지 진짜 우리 엄마인지 알 수 없었습니다. 어둠에 얼굴이 싸인 채 다리를 저는 여자.

보육원은 좋은 곳이었습니다. 제가 어릴 적부터 산 곳도 이곳이고 잠시 어디 갔다 온 뒤 다시 돌아온 저를 받아준 것도 이곳입니다.

저는 어릴 적부터 춤추는 걸 좋아했습니다. 학교에 입학하고 나서는 항상 장기자랑 시간에 춤추러 나갔습니다. 같이 춤을 추는 친구들은 전혀 없었죠. 아이돌을 준비하는 아이들은 끼리끼리 뭉쳤지만 저는 언제나 혼자였어요. 아주 길고 널따란 무대에 저는 홀로 남겨졌죠. 아주 작은 부피만을 차지했죠.

독고다이구나.

언젠가 담임선생님이 제게 말했어요.

너는 왜 독고다이인 거냐?

선생님이 제게 물었어요.

왜겠어요? 알잖아요? 내 얼굴과 손과 다리 색을 보면 알잖아요? 친구들은 내게 얼굴색이 왜 그러냐고, 아프냐고 물어봤죠. 너는 어느 나라 말을 할 줄 알아? 너는 한국인이야? 여권이 무슨 색이야? 베트남이랑 한국이랑 축구하면 누구 응원해? 베트콩이야?

수학여행도 마찬가지였습니다. 저는 행사가 있을 때마다 나서서 무대 위에 올랐어요. 저 ○○○ 새끼는 왜 저렇게 나대지? 애들은 항상 제게 말했습니다. 제가 무대 위에 올라서 받은 건 환호와 갈채가 아닌 조롱과 웅성댐이 전부였습니다. 제가 지나가고 나면 언제나 아이들이 웅성댔습니다. 수군거렸습니다. ○○○은 내가 모르는 단어였습니다. 어떤 단어를 이용해서 날 욕하는지 알고 싶기도 했지만 그걸 알면 더 아플까 봐 파고들지 않았습니다.

나는 웅성거림을 몰고 다니는 사람이었습니다. 비 오는 날

웅덩이 위로 트럭이 달리면 물이 튀는 것처럼. 제가 지나간 자리에는 항상 지저분한 뒷담화와 욕설이 남았습니다. 오로지 춤추는 걸로 모든 걸 해소할 수 있었습니다.

보육원 앞마당에서 댄스 비디오를 찍어 유튜브에 올리기도 했습니다. 저는 위대한 댄서가 되길 원했습니다. 제가 할 수 있는 건 전부 다 한 것 같습니다. 춤 연습을 매일 세 시간 이상 했고 부스터 효과를 내기 위해 잘 때는 매일 성공하는 주파수를 유튜브로 틀어놓고 잤습니다. 저는 몸을 계속 움직여야 했습니다. 다행히 보육원 방과 후 돌봄터에서 무료 줌바 댄스 강좌가 있었습니다. 저는 거기서 아줌마들과 줌바 댄스를 배우며 실력을 닦았습니다. 아줌마들은 제가 엄청 유연하다고 춤 사위가 신기하다고 꼭 유명해질 거라고 했습니다.

열세 살 때까지 저는 계속 유튜브에 댄스 영상을 올렸습니다. 초등학교 6학년이 됐을 때 연예 엔터테인먼트 회사라는 곳에서 유튜브를 통해 아이돌 가수 서바이벌 예능을 진행할 예정인데 참여하겠냐는 이메일이 왔습니다. 저는 이게 사기인지 물어볼 사람이 없어서 부원장님한테 우선 이메일을 보여줬습니다. 부원장님은 이런 건 잘 모른다고 원장 선생님한테 물어보고 원장 선생님도 잘 모른다며 딸에게 물어봤다고 했습니다. 딸은 검색해 보더니 진짜 있는 기획사라고 했습니다. 제가 서바이벌 프로그램에 참여하고 싶다고 했더니 부원장님이 저

대신 이메일을 보냈습니다.

알고 보니 그 기획사는 진짜가 맞았고 유튜브 서바이벌 프로그램도 진짜였습니다. 케이블 티브이인 케이넷이랑 같이 하는 큰 프로그램이었습니다. 저는 솔직히 누구한테 배운 것도 아니고 에어로빅이나 줌바 댄스에만 열심히 참여한 사람이라서 떨어질 줄 알았습니다. 그런데 데뷔 조까지 올라가서 진짜 놀랐습니다. 제 성은 분명 김 씨였는데, 인터넷에서 사람들은 저를 응우옌이라고 불렀습니다. 저는 응우옌이라는 말을 처음 들어봐서 검색해 보았습니다. Nguyễn.

응우옌은 베트남에서 가장 흔한 성씨로 한국으로 치면 김 씨였습니다. 제가 김 씨인 것처럼. 사실 저는 제가 베트남 출신인지도 모르겠어요. 초등학교에 다닐 때 같은 반 아이들이 제가 지나가면 그들끼리 속삭이던 대화의 한 조각에도 응우옌이라는 단어가 포함되어 있었을까요? 내가 애써 궁금해하지 않았던 단어, ○○○가 바로 응우옌이었구나. 뱃속이 간지러웠어요. 이상한 기분. 나는 그때 인터넷에서 멀어져야 했어요. SNS도 하지 말았어야 했어요.

하여간 서바이벌 프로그램은 내가 원하는 대로 진행되지 않았습니다. 저는 어릴 때부터 쇼트커트 머리를 했는데 갑자기 어느 에피소드에서 제 성별이 여자가 맞냐는 이야기가 나왔습니다. 제가 숏컷을 한 이유는 춤출 때 편해서인데 이게 문

제가 됐습니다. 저는 키도 큰데 (173센티미터) 이것도 문제가 됐습니다. 제가 열세 살이 아닌 것 같다는 말이 인터넷에 올라왔다고 했습니다. 한국 사람도 아닌 것 같다고 말이 많다고 했습니다. 저는 그냥 춤을 추었고 데뷔 조에 포함되어서 기뻤을 뿐인데 그런 이야기가 인터넷에 돌았습니다. PD님이 저보고 출생신고서를 떼 올 수 있냐고 했고 부원장님이 발급해서 보냈습니다.

PD님은 인터넷에서 나오는 얘기를 한 번은 다루고 가야 한다고, 그에 관해서 인터뷰할 때 솔직하게만 말하면 된다고 했습니다. 촬영하기 전날 부원장님이 전화했는데 또 뉴스를 보지 말라고 했습니다. 저번에 뉴스를 검색해서 엄마 얼굴을 봤을 때 기분이 이상해서 저는 이번에도 뉴스를 검색하지 않았습니다. PD님은 그날 제 특집이라고 인터뷰를 많이 할 거라고 했습니다. 저는 솔직히 말했습니다. 저는 한국에서 태어났고 춤은 독학했다고요. 출생신고서를 보여달라고 해서 보여줬고 그날은 경연 없이 끝났습니다.

PD님은 그 에피소드를 올릴 거라고 저한테 강요하듯 말했고 저는 왜 PD님이 강요하는 것처럼 말하는지 이해가 안 됐습니다. 인터넷에 에피소드가 올라갔는데 인스타그램에 알림이 많이 떠서 접속이 안 됐습니다. 제가 뭘 잘못했나 싶었지만 부원장님은 인터넷을 하지 말라고만 했습니다. 저는 그래도 계속 프로그램에서 경연하고 싶다고 했는데 PD님이랑 데뷔 조 멤버들이 그만하는 게 좋다고 말했습니다. 사람들이 절 싫어하니 그냥 안 하기로 했습니다.

P읍으로 돌아와서 갑자기 할 일이 없어졌습니다. 그때 초등학생 때부터 알던 아이가 제프리 양 선생님의 복지 재단에 들어갔다는 소식을 들었습니다. P읍에서는 제프리 양 선생님을 모르는 사람이 없습니다. 그분은 우선 제가 태어날 때부터 자란 노을보육원에 돈을 많이 주셨습니다. 게다가 시내 중심에 큰 복지 회관이 있는데 정말 높습니다.

건물의 일 층은 카페입니다. 이 층부터는 도서관, 멀티미디어 관람실, 극장, 쇼핑몰도 있습니다. 많은 사람들이 여름이나 겨울에 갈 데가 없으면 거길 찾습니다. 저도 그랬습니다. 솔직히 저는 선생님이 무엇으로 유명해졌는지는 잘 모르겠습니다. 식당 운영 예능에 나와서 불고기 같은 게 섞인 이름이 특이한 파스타를 만든 적이 있다고 합니다. 그 파스타는 순식간에 유명해졌고 제프리 양 선생님 역시 유명해졌다고 들은 게 전부입니다. 유튜브에도 많이 나오고 광고도 많이 찍어서 유명한 사람인 줄은 알았습니다. 예능에 나와서 P읍 이야기를 많이 해서 정말 모르는 사람이 없었습니다.

제프리 양 선생님은 P읍이 발전돼야 한다고, 자기가 사비를 들여서 빌딩도 지었다고 맨날 말했습니다. P읍에 파주랑 연결되는 전철 같은 거를 만들어야 된다고 정치인이랑 같이 한 번 온 적도 있었습니다. 그때 노을보육원에도 왔는데 거기서 제프리 양 선생님이 운영하는 복지 재단 설명회도 했습니다.

부원장님은 제프리 양 선생님 복지 재단에서 운영하는 학원이 대안학교로 등록이 된 데니까 나보고 거기에 가라고 했습니다. 중학교에 입학할 필요 없이 거기에 가라고요. 거기서 코딩 같은 걸 하는 컴퓨터 자격증을 따서 대학교도 그쪽으로 진학하라고 했습니다. 저는 뭔가 앞으로 춤추기 싫어져서 알겠다고 했습니다. 제프리 양 선생님이 왔을 때 부원장님이 저를 면접 보도록 했습니다. 제프리 양 선생님이 나보고 기분 나쁘게 듣지 말라고, 여자냐고 남자냐고 물어서 저는 여자라고 했습니다. 그러더니 제프리 양 선생님이 요즘에는 여자 남자 그런 거 상관없다고 저처럼 여자인데 남자 같은 것도 좋다고 했습니다.

제프리 양 선생님이 저한테 장학금을 주서서 저는 송파에 있는 기숙사 말고 섬에 있는 기숙사로 가게 되었습니다. 제가 입학한 건 열네 살 봄이었습니다. 울릉도 옆에 있는 섬인데 이름은 모르겠습니다. 거기엔 보트를 타고 가야 합니다. 총 몇 반이 있었는지도 모릅니다. 저는 우선 다섯 명이랑 같은 반이었는데 개네 이름을 잘 몰랐습니다. 다른 반 애들이 있다고 들었는데 거의 못 봤습니다. 과외처럼 한 선생님이 한 학생을 가르

쳤습니다.

코딩 배우는 게 너무 어려워서 선생님한테 쉬는 시간에는 강당에서 혼자 춤춰도 되냐고 물으니까 그러라고 했습니다. 섬에서는 토요일마다 강연회 같은 걸 크게 했습니다. 제프리 선생님은 매주 거기에 와서 자기가 진짜 뛰어난 학생들만 섬에 데리고 온다고, 여기 있는 걸 자랑스럽게 여겨야 한다고 했습니다. 제프리 양 선생님이랑 같이 전철을 만든다고 P읍에 왔던 정치인도 왔습니다.

어느 날에는 제프리 양 선생님이 그 사람을 나한테 소개해주면서 그분이 아는 사람이 많다고 했습니다. 제가 그 유튜브 서바이벌 예능의 PD에게 상처받았다고 말하니 그런 사람 조지는 건 그 정치인한테는 일도 아니라고 했습니다. 그분한테 잘 말하면 데뷔 조, 이런 거 안 거치고 바로 데뷔할 수 있다고도 했습니다. 그래도 신상 정보는 알고 있어야 한다고 하셨죠. 저에 관한 기본적인 정보 말이에요.

제프리 양 선생님은 아주, 그러니까 제가 생전 처음 보는 사람이었습니다. 어떻게 설명해야 할지 감이 잡히지 않습니다. 현재, 이 시점에 제 앞에 살아 있는 사람 같지가 않았어요. 제프리 양 선생님은 눈을 깜빡이지 않았어요. 믿기 힘들었습니다. 제프리 양 선생님은 저를 마주하고 한동안 말이 없으셨죠. 약 일 분? 이 분? 선생님은 눈을 깜빡이지 않았습니다. 더운 날씨에도 항상 양손에는 비싸 보이는 가죽 장갑을 끼고 다니셨어요. 선생님은 손을 깍지 끼고 저를 보셨습니다. 저는 가죽이 맞물리는 소리를 가만히 들었어요. 그러다 제프리 양 선생님이 제게 물었습니다. 말투가 좀 무서웠습니다.

이름은?

김 오로라.

너는 다문화가정 출신이니?

제프리 양 선생님이 물었어요. 다문화가정? 저는 다문화가정이라는 말이 좀 별로였습니다. 이유는 몰라요. 그냥 몰라요. 계속 눈을 깜빡이지 않는 와중에도 선생님의 눈에는 눈물이 고이지 않았어요. 저 같으면 벌써 눈물이 흘렀을 겁니다.

그건 잘 모르겠어요.

아버지는 한국인이고 어머니가 다른 나라 분이냐는 이야기란다.

부모님 모두 외국인이에요.

그럼 어디 출신이니?

한국이요.

이해하지 못하는 것 같은데, 그러니까 정확히 '어느' 나라 출신이니? 필리핀? 베트남? 그럼 네가 어느 나라 사람이라고 생각하니?

한국 사람이라고 생각하는데, 아닌가요?

저는 계속해서 한국에서 태어났다고 했습니다. 그러나 제프리 양 선생님은 도저히 이해할 수 없는 것 같았습니다. 제프리 양 선생님은 눈을 가늘게 떴는데 그 표정이 좋은 의미인지 나쁜 의미인지 몰랐습니다. 제프리 양 선생님은 너무 어려운 사람이었습니다. 그런 선생님은 처음 봤어요. 좋은 어른인지 나쁜 어른인지 도저히 알 수 없었습니다. 저는 고개를 푹 숙이고 풀이 죽어 있었습니다. 제프리 양 선생님은 그 커다란 손바닥을 제 정수리에 대고 한동안 말이 없으셨습니다. 가죽 냄새는 생각보다 향기로웠습니다. 제프리 양 선생님이 말씀하셨습니다.

너는 특별한 아이란다. 행아복의 섬에서 지내면 대단한 사람이 될 운명이야. 나는 느낄 수 있어. 그리고 말이야…….

하지만 다음 주에 행아복의 섬에 와서 제 가수 데뷔를 도와줄 정치인을 소개해 주겠다고 말하셨을 때 알았습니다.

제프리 양 선생님은 좋은 어른이라는 걸요.

저는 춤추는 걸 이제 안 좋아하는 줄 알았는데 제프리 양 선생님의 말씀을 들으니까 갑자기 가슴이 뛰어서 잠을 못 잤습니다. 잠이 안 와서 기숙사 관리실에 전화하니 잠이 잘 오는 영양제를 줬습니다. 그날 이후로는 영양제 없이 잠이 안 왔습니다.

저는 그 정치인을 네이버에 검색해 보려다가 말았습니다.

인터넷에 검색하면 항상 안 좋은 일이 생겨서 그런 것 같습니다. 그런데 제가 검색창에 치지 않아도 그 사람은 네이버 메인에 떠 있었습니다. 저도 유명한 댄서가 돼서 검색을 안 해도 바로 메인에 뜨고 싶었습니다. 그래서 저는 다음 주 토요일에 그 사람이 오면 인사를 잘해야겠다고 결심했습니다. 섬에 오기 전에 부원장님이 인사만 잘해도 잘되는 일이 많을 거라고, 유튜브 서바이벌 프로그램에서 겪은 일 같은 건 없을 거라고 한 말이 기억났습니다. 초청 강연회 때 또 그 전철 정치인이 와서 저는 인사했습니다. 그 정치인과 제프리 양 선생님이 연예계 진출을 위한 상담을 해주시겠다고 해서 그분들의 방에 갔습니다. 그분들은 저한테 어른들이랑 마시면 괜찮다고 맥주를 줬습니다. 저는 맥주를 마셨습니다.

"먼저 춤을 춰보렴."

저는 제프리 양 선생님과 정치인 앞에서 춤을 추었습니다. 제가 유튜브 서바이벌 프로그램에서 늘 추던 도자 캣, 올리비아 로드리고 노래가 아니라 어색했습니다.

"오로라. 추어라. 춤을."

춤을 추었죠. 어느새인가 저는 매일 연습하던 게 아닌 다른 걸 추고 있었습니다. 안무도 없고 반복도 없고. 저는 기어 다니기도 했습니나. 침을 흘렸습니다. 제프리 양 선생님과 정치인이 웃었는지, 뭐라고 했는지, 화냈는지 기억나는 게 없습니다.

"빙글빙글 돌아봐."

저는 제프리 선생님과 정치인이 원하는 대로 빙글빙글 돌았습니다. 그다음 주에도 역시 제프리 양 선생님과 정치인을 만났죠. 특히 제프리 양 선생님은 개인 상담을 원하는 아이들이 굉장히 많았기에 저와 있는 시간이 길지는 않았어요. 그 짧은 시간에도 정치인은 저의 가능성을 시험하기 위해 여러 가지를 시켜보았어요.

"개를 흉내 내보렴."

저는 정치인이 시키는 대로 했습니다. 이상한 주문이었지만 춤출 때 동물이나 사물의 움직임을 차용해서 안무를 만드는 경우도 있으니까요. 저는 개처럼 네발로 엎드렸습니다. 저는 짖는 대신에 강아지처럼 낑낑 앓는 소리를 냈습니다. 강아지 흉내를 내라고 요청받는다면, 왠지 대부분 짖는 쪽을 택할 것 같았습니다. 차별화를 주고 어서 빨리 아이돌 그룹에 들어가거나 솔로로 데뷔하고 싶었어요. 저는 열네 살이었고 더 이상 늦으면 안 된다는 생각밖에 없었습니다. 게다가 섬에서 배우는 코딩은 저와 안 맞았습니다. 제가 강아지 흉내를 내자 제프리 양 선생님이 크게 웃었습니다. 제프리 양 선생님은 크게 웃는 와중에도 눈을 깜빡이지 않았어요. 정치인도 이렇게 말했습니다.

"오로라 양은 훌륭한 모사 능력을 갖췄군요. 가수 활동 뒤

배우로 전향해도 큰 무리가 없을 듯 보여요."

저는 그날 기분이 너무 좋았습니다. 선생님과 정치인이 주는 맥주를 계속 마셨습니다. 이름이 기억 안 나는 외국에서 가져온 냄새가 엄청 좋은 술도, 어른이랑 같이 있으니 마셔도 된다고 해서 마셨습니다. 저는 너무 술을 많이 마셔서 쓰러진 것 같았습니다. 열심히 강아지 흉내를 내놓고 기회를 망친 것 같아서 그 주에 공부를 거의 못 했습니다.

그리고 계속해서 악몽을 꾸었습니다. 이상한 악몽을요.

악몽에 제가 한 번도 가본 적 없는 장소가 나왔습니다. 꿈이라면 보통 내가 아는 장소나 사람들이 나오기 마련인데. 생각지도 못한 장소에서 의미 없는 행동을 하고 있었어요. 무척 잔인하기도 했습니다. 공포 영화를 본 것도 아닌데 피도 많이 나오고. 잔인하고.

그다음 주에 제가 망친 걸 돌려놓을 수 있다는 생각이 들었습니다. 저는 열여섯 살이 되면 데뷔가 힘들까 봐 엄청나게 스트레스를 받는 중이었습니다. 그래서 토요일 초청 강연회만 기다렸습니다. 저만 잘하면 금방 데뷔할 수 있을 것 같아서였습니다. 그다음 주에 만난 제프리 양 선생님과 정치인 선생님이 제게 시켰습니다.

"펭귄을 흉내 내보렴."

그다음 주에는.

"고양이처럼 굴어보렴."

그다음 주도, 그다음 주도.

저는 데뷔만을 바라보며 되게 많은 동물을 흉내 냈습니다. 그런데 정치인이 뭔가 마음에 안 드는 것 같았습니다. 저는 어릴 때부터 계속 눈치를 보면서 살아서, 어른들의 몸짓만 봐도 생각을 다 알 수 있습니다. 저는 사 주 동안 정신을 똑바로 차리고 동물 흉내 내는 데에만 집중했습니다. 술을 마시라고 해도 절대로 안 마시고 동작에만 집중했습니다.

특히 술을 마시면 자꾸 악몽을 꾸어서 동작에 집중하기가 너무 힘들었습니다. 잘 때는 진짜 아무런 꿈도 안 꾸고 조용히 자야 하잖아요. 그래야 다음 날 집중할 수가 있잖아요. 그런데 제프리 양 선생님이랑 정치인을 만나서 술을 마신 날이면 그날뿐 아니라 그 주 내내 악몽을 꿨습니다.

또 이상한 소리지만 몸이 너무 아팠습니다. 어떻게 설명을 해야 할지 모르겠습니다. 그니까 뼈에 구멍이 뽕뽕 뚫린 것 같았습니다. 무슨 말인지 아시겠습니까. 그렇게 뼈가 약해져서 조금만 힘을 주면 몸이 우두둑하고 부서질 것 같았습니다. 움직이면 아플까 봐 무서워서 춤을 못 추었습니다.

게다가 섬에 오기 전까지 거의 매달 26일마다 생리를 했는데, 거의, 아마도, 갑자기, 토요일이 지나고 일요일-월요일-화요일-수요일까지 팬티에 피가 묻어 나왔습니다. 이상하게 배도 너무 아파서 섬에 있는 병원에서 심각하다고 할 정도였습니다. 그것 때문에 섬 바깥으로 나가 가정의학과에 갔는데 선생님은 그냥 스트레스를 굉장히 많이 받은 상태라 피가 나온 거라고 했습니다.

그런데도 저는 토요일에 제프리 양 선생님이랑 정치인이 올 때 갈 때마다 인사도 매번 했습니다. 정치인은 어느 순간부터 오지 않았습니다. 제가 춤을 못 추었던 걸까요. 제프리 양 선생님과 정치인 앞에서 오디션 아닌 오디션을 보았을 때 제가 많이 떨기는 했습니다. 그래서 그런지 어떻게 춤을 췄는지 기억도 잘 나지 않습니다. 동작을 실수했을지도 모릅니다.

아니면 술을 마셨을 때 이상한 소리를 했을 수도 있습니다. 정치인에게 잘못했을지도 모릅니다. 제가 기억하는 건 반복되는 메트로놈 소리뿐이었습니다. 제프리 양 선생님은 제 리듬을 맞추어준다고 매번 메트로놈을 켜셨습니다. 저는 맥주를 마시고 그 소리에 맞추어 춤을 추고.

정치인이 안 오기 시작하자 제프리 양 선생님도 저랑 상담을 안 했습니다. 저는 코딩 선생님을 통해서 제프리 양 선생님한테 연락했습니다. 그래서 토요일 초청 강연 시간에 제프리 양 선생님을 만났습니다. 그때 제프리 양 선생님은 제가 처음 보는 어떤 애랑 같이 있었는데, 제가 막 엄청 소리를 지르고 만나게 해달라고 해서 잠깐 얘기했습니다. 제가 한참 억울하다고 말하자 제프리 양 선생님이 제 어깨를 만지면서 말했습니다.

"그분이 말하시길 네가 데뷔하기에는 재능이 좀 약한 것 같다고 하시더구나. 너무 실망하지만 말고. 아이돌로 성공하기보다는 코딩이 더 유망 직종인 거 알지?"

저는 그 자리에서 울었습니다. 제프리 양 선생님은 저를 위로해 주시다가 제가 모르는 그 애랑 같이 상담하러 갔습니다. 저는 다음 날 코딩 선생님한테 말해서 학교를 그만두기로 했습니다. 코딩이 적성에 맞지 않는다고요. 게다가 스트레스 탓으로 하도 악몽을 꿔서 조금 쉬어야겠다고 말했습니다. 코딩 선생님은 제가 코딩에 관심도 없고 숙제도 안 해오니까, 제가 그만둔다는 제 말에 반대도 별로 안 했습니다. 저는 코딩 선생님이 그래도 저더러 한 번 더 생각해 보라고 할 줄 알았는데 아무 말도 안 해서 좀 그랬습니다.

저는 다시 P읍으로 돌아왔습니다. 저를 태워다 준 건 비서 선생님이었습니다. 비서 선생님은 저를 슈퍼 앞에 내려주고 이렇게 말했습니다. 아마 비서 선생님과 제가 한 첫 대화일 것 같습니다.

"섬에서의 일은 다 꿈이라고 생각하거라. 삼류 영화라고 생각해. 그런 쓰레기 영화들의 엔딩에서 주인공이 이러잖아. 아, 전부 꿈이었구나, 하고."

아직도 그 악몽을 꾸고 있습니다. 제가 꿈을 꾼다, 라기보다 꿈이 제게 다가옵니다. 술을 마시지도 않는데 그 악몽을 꿔요. 그래도 저는 그게 꿈이라서 정말 다행이라고 생각합니다. 냄새도 나고 소리도 들리고 촉감도 느껴지지만 그래도 꿈이니까 정말 다행이라고 생각합니다. 왜냐하면 너무 무섭고 생각만 해도 오줌이 나오니까요. 유튜브로 주파수를 찾아 하루 종일 듣고 있을지라도 달라지는 건 없습니다. 자신감을 되찾는 주파수, 걱정이 사라지는 주파수, 강해지는 주파수. 전부. 춤추기, 내 국적. 궁금한 게 많아서 이 수업을 신청했습니다.

제가 어제 꿈을 꿨는데 거기서 저는 또, 여전히, 같은 곳에 있었습니다.

저는 울었습니다.

열다섯 살이고요.

II 우리는 3인칭의 아이들

경기도에 위치한 노을보육원 산하 즐거운 배움터 치유를 위한 작문 수업을 신청한 아이는 고작 세 명이었다. 통상 다섯 명이 채워지지 않으면 폐강되는 게 원칙이었지만 Q 선생은 보육원 원장에게 간절히 요청했다. 두 아이가 무려 원고지 백 장 분량이 넘는 자기소개를 보냈다고. 하지만 사실 자긴 한국말을 못해서 제대로 이해할 수는 없었다고. 아무튼 그래도 폐강시키지는 말아 달라고.

"마지막으로 한 아이는, 자기가 마녀라고 하는데, (아마도 무당 혹은 샤먼을 이야기하는 거겠지요. 사이킥?) 운명적으로 이 수업에 이끌려 왔다고 했어요. 저처럼요. 참고로 보육원 아이는 아닙니다. 하지만 세 명 전부 열의가 넘쳐요."

Q 선생의 요청은 받아들여졌다. 어차피 Q 선생은 급여를 받지 않았다. 그는 유타주에서 종교를 공부한 재미 교포였는데 갑자기 계시를 받아 봉사하겠다고 한국에 왔다. 이십 대 초반이고 한국어가 서툴렀다. 특히 P읍에 도착한 지 한 달밖에 되지 않았다. 아무것도 모르는 여자였다. 보육원 사람들이 이용하기 쉬웠다.

Q 선생을 포함해 총 네 명은 방과 후 보육원 미술 실기실에 모여 치유를 위한 글쓰기를 시작했다. 미술 실기실이라는 건 그저 이름뿐이었고 사실 작은 컨테이너 박스에 불과했지만 말이다.

구광지, 김 오로라, 예희. 세 명의 아이는 이름만큼이나 개성도 달랐다. 광지는 보통 키에 주근깨가 많았다. 수줍은 동시에 말이 많은 게 이율배반적이었지만, 광지는 그게 가능한 아이였다. 어딘가 소설 속에서 본 것 같은 소녀라고, Q 선생은 생각했다.

오로라는 셋 중 가장 장신이었다. 짧은 머리를 파란색으로 탈색했고 말이 거의 없었다. 다문화가정 출신처럼 보였다. 문제가 되는 건 아니다. 외려 미국에서 이런 걸 지적하면 인종차별주의자 취급을 당할 텐데? 오로라는 셉텀 피어싱, 일명 코뚜레 부위를 뚫었다. 2000년대 초반 유행하던 이모 펑크 스타일에 영향을 받은 것 같기도 했다. Q 선생이 오로라를 정확하게 찍어 질문을 던졌을 때, 오로라라는 아이는 말랐지만 단단한 근육이 오른 어깨를 만지작대며 불만스러운 눈치를 보였다. 오로라에게서는 담배 냄새가 심각할 정도로 났다.

예희는 스스로 마녀라고 소개했지만 마녀다운 특이점이 없었다. 수정 구슬이나 약초, 그런 것들은 전혀 가지고 다니질 않았다. 짙은 고동색으로 염색한 머리칼은 단정했고 뭐랄까, K

사극 드라마에서 왕족으로 나올 법한 얼굴이었다. 단아하다, 단아하구나. 저런 머리 스타일을 뭐라고 하더라. 히메컷? Q 선생이 속으로 더듬댔다.

첫 수업 오리엔테이션에서는 자기소개를 했다. 광지와 오로라는 이미 서면으로 자기소개서를 보냈다며 거의 말하지 않았다. 오로라의 코 중앙에 꽂힌 모조 다이아몬드 피어싱만이 빛을 반사했다. 그가 눈을 굴리며 컨테이너 박스 안을 둘러볼 때마다 벽에 빛 그림자가 움직였다. 예희는 턱을 괴고 학우들과 선생님을 주시했는데 뭐랄까, 마녀치고 날카로운 눈빛은 아니었다. 의미심장한 말을 하지도 않았고 허공에 대고 소금이나 약초를 뿌리지도 않았다. 내성적인 태도와는 달리 베이킹이 취미라며 직접 빵을 구워 와서 애들과 선생님에게 나누어주었다. 진저브레드.

Q 선생은 예희가 준 빵을 씹으며 무슨 이야기로 수업을 진행해야 할지 고민했다. 사실 Q 선생은 유타주에 위치한 안락한 주택의 부엌에 서 있다가 급작스럽게 계시를 받은 탓에 구체적인 수업 커리큘럼을 구성할 시간이 없었다. 당시 Q 선생은 그저 노른자를 오롯이 살린 계란프라이를 만드는 중이었으니까.

한국으로 가라, 그곳에 너의 길이 있을 것이다, 라는 추상적인 계시만이 Q 선생의 머릿속에서 울렸을 뿐이다. 왜 신은 구체적으로 리스트를 작성해 주지 않고, 문장만 남기는 걸까.

엄마가 Q에게 그랬던 것처럼 장 봐 올 리스트를 노트에 적어줬으면 좋겠다.

첫 수업은 그렇게 침묵으로 마무리되었다. 수업이 끝나고, Q 선생은 P읍에서 유명한 제프리 양이 만든 유스호스텔의 철제 침대에 누워 고민했다. 다음 주에는 도대체 어떻게 수업해야 하지, 어떤 길을 걸어야 나의 계시를 실천할 수 있지. Q 선생이 무릎을 꿇자 침대가 끼익거렸다. 그는 신에게 빌었다. 유타주에서처럼 영어로 해야 할지, 한국어로 해야 할지 모르겠지만 아무튼. 작은 창문 너머로 빛이 드러났다. 노른자 모양의 동그란 빛이. 가로등 불빛이었다. Q 선생이 두 손을 세게 맞잡았다. 제발, 답을 주십시오. 그러자 신이 대답했다.

마음 가는 대로, 머릿속에 떠오르는 대로 하라. 주변을 살펴라.

그래서 Q 선생은 그렇게 하기로 했다. 두 번째 수업. Q 선생은 역시 수업 준비 없이 출근했다. 아이들은 역시나 서로에게 관심이 없는 상태로 멍하니 앉아 있었다. 각자의 책상엔 예희가 구워 온 앙버터가 놓여 있었다. Q 선생은 옷매무새를 만지작댄 뒤 앙버터를 씹었다. 책상 한편에 낡은 라디오가 보였다.

주변을 살펴라.

주변에 무엇이 있는가. 주변을 살피라고 하나님이 그러셨다. 라디오가 저기 있다. 라디오를 가져와라.

"학생들아. 이야기를 잘 읽었습니다. 자기소개서."

Q 선생이 말했다. 그는 라디오를 교탁으로 들고 왔다. 라디오를 켜자 노이즈가 시끄러웠다. Q 선생은 라디오 주파수 막대를 이리저리 옮겨보았지만 여전히 노이즈뿐이었다. 그러다 Q 선생은 주님이 의도하신 게 노이즈를 듣기 위함임을 갑작스레 깨달았다. Q 선생은 라디오를 교탁에 놓았다. 라디오가 주파수를 찾아 불쾌한 소음을 내다가 중간중간 의미심장한 단어들을 뱉었다. 노이즈는 오 분간 지속되었다. 곧 안테나가 움찔하다가 라디오에서 이런 말이 나왔다.

(노이즈) "발광, 지랄이라는 단어는." (노이즈)

광지가 라디오에서 나온 문장에서 자기 이름을 들었다. 어? 그가 고개를 들어 Q 선생을 응시했다. Q 선생은 눈썹을 움직이며 뭐 어쩌겠냐는 뉘앙스의 몸짓을 했다. Q 선생이 칠판에 '광지'라고 썼다. 라디오는 다시 노이즈로 돌아갔다.

노이즈.
노이즈.

노이즈.
그러다 라디오에서 이런 말이 나왔다.

(노이즈) "아이슬란드의 오로라를 보기 위해 모인 관광객들은," (노이즈)

어? 오로라도 고개를 들었다. Q 선생이 칠판에 '오로라'라고 썼다.

노이즈.
노이즈.
노이즈.
그러다 라디오에서 이런 말이 나왔다.

(노이즈) "예의 주시하고 있거든요." (노이즈)

예희도. Q 선생이 칠판에 '예희'라고 썼다.
침묵.
그러다 라디오에서 이런 말이 나왔다.

(노이즈) "정부에서는 장마 대비를 다음 주부터." (노이즈)

Q 선생이 일어나 칠판에 '다음 주'라고 썼다. 지금까지 완성된 문장은 광지, 오로라, 예희, 다음 주. 라디오에서 이런 말이 나왔다.

(노이즈) "-배우는 여우주연상을 받은 걸 꿈같이 여기고," (노이즈)

예희가 허리를 펴고 앉았다. Q 선생이 칠판에 썼다. 꿈.
그러다 라디오에서 이런 말이 나왔다.

(노이즈) "어릴 적부터 노트에 기록했다고," (노이즈)

Q 선생이 칠판에 쓴 글을 지우고 다시 썼다. Q 선생은 능숙하게 한국어를 쓰는 자신에게 감탄하는 중이었다. 한국어가 갑자기 이렇게 늘다니? 그가 완성한 완벽한 한국어는 다음과 같았다.

다음 주까지 꿈을 노트에 기록해 오세요.

라디오 내부에서 무언가 딱 맞아떨어지는 소리가 났다. FM

주파수가 맞춰져 어느 방송사에 닿았다. 기독교 방송사였다. 부탄가스 CM송이 흘렀다. 문득 Q 선생의 몸에 전율이 일었다. 완벽한 한국어 실력이 빠져나간 게 분명했다. 라디오에서는 부탄가스 CM이 끝난 뒤 그레고리오 성가가 나왔다. 오로라가 피어싱을 만지작댔다. 피어싱에서 반사된 빛이 벽 이곳저곳을 비추었다. 예희는 잠자코 앉아 칠판을 응시했다. Q 선생이 다시 어눌한 한국어로 말했다.

"지금. 기도. 오케이?"

아이들은 대답하지 않았다. 바깥에서는 보육원 아이들이 모여 떠들었다. 아이들은 컨테이너 박스 옆에서 자주 땅따먹기를 했다. 즉 누구도 컨테이너 박스가 치유를 위한 글쓰기 수업 공간이라는 걸 기억하지 못한다는 뜻이었다. 그렇게 Q 선생을 채용한 보육원 관리자들은, 보육원에서 사는 모든 사람은, 선생의 존재 자체를 잊어버렸거나 아예 모르고 있었다. 실기실은 그저 부르는 명칭이 실기실이었던 거지, 그 어떤 아이도 거기서 그림을 그린 적이 없었다. 바깥에서 놀던 아이 중 하나가 난데없이 실기실 문을 열었다. 아이는 문 바깥으로 시선을 향한 채라 교실 안에 아이들이 있는 줄 몰랐다. 아이가 소리쳤다.

"얘들아. 여기 숨어, 숨어."

Q 선생과 세 명의 학생이 놀라서 목을 빼고 침입자를 보았

다. 아이가 컨테이너 안에 사람이 있음을 확인하고 황급히 문을 닫았다. Q 선생은 아무 일도 일어나지 않은 듯이 경건하게 말했다.

"해 오세요. 숙제."

예희가 물었다.

"뭘 해요?"

"써 오세요. 꿈."

Q 선생이 나갔다. 세 아이는 얼어붙은 듯 계속 앉아 있었다. 먼저 움직인 건 예희였다. 녀석은 어리둥절한 광지와 무관심한 오로라에게 의미심장한 눈빛을 보내고 퇴장했다. 무언가 알고 있다는 눈빛, 너희들이 말하지 못하는 것, 말하지 않는 걸 알고 있으며 의미 파악까지 다 마쳤다는 식의 오만한 눈빛. 샤먼이나 무당, 점쟁이, 응, 그래, 일명 '마녀'라는 감투를 쓴, 남다른 기운을 느끼는 자들이 일반인에게 쏟아내는 무분별한 눈빛 말이다. 오로라가 속으로 생각하다 갑자기 짜증이 일었다. 도대체 자기가 뭐라고 날 그렇게 본담.

왜 시선에도 예의가 필요하다는 걸 모르는 거지? 예희는 자기 이름답지 않게 행동하고 있었다. 저 어리숙한 선생님이 계속해서 수업을 진행한다면, 예희를 계속 봐야 하는 상황이라면, 오로라는 언젠가 힌미디 할 생각이었다

"오로라. 같이 복지관 쥬씨 갈래?"

교실을 떠나지 않고 미적대는 오로라에게 광지가 다가가 물었다. 오로라는 광지가 허물없이 말을 걸어 좀 놀랐다. 친구들은 대부분 대놓고 오로라를 무시하거나 인종차별적인 언어를 지껄였다. 애초에 말을 잘 걸지 않았다. 놀랍게도 그랬다. 게다가 어머니가 한국이 아닌 '다른' 나라 출신의 아이들, 이를테면 중국이나 필리핀 출신의 어머니를 가진 아이들은 서로 뭉쳤다. 간혹 중국인 어머니를 가진 아이들은 중국어로만 대화해서 한국 친구들과의 만남을 스스로 차단했다. 오로라는 일명 '다른' 아이들 사이에서도 은따를 당했다. 우리 엄마는 어느 나라에서 왔어, 라고 단언할 수 없었기 때문이다. 하지만 같은 다문화가정 출신 아이들에게서 당하는 은따는 출신보다는 자기 성정 문제이겠거니, 여겼다. 아무튼 오로라가 조금 놀라서 팔을 긁으며 광지에게 대답했다.

"내가 왜?"

"나 쥬씨에서 숙제할 거거든."

오로라가 대답하지 않았다. 광지가 물었다.

"같이 안 해? 오로라, 같이 안 할 거야?"

"왜 이래?"

오로라가 투덜댔다. 광지는 기분이 나쁜 건지 홀로 중얼대다가 다리를 절뚝대며 가방을 들었다. 녀석은 허리에 손을 대고 골반을 뒤뚱대며 실기실 출구 쪽으로 걸었다. 오로라는 광지의 걸음걸이에서 어떤 유사성을 느꼈고…… 도무지 무엇이, 왜, 광지의 거동이 그토록 익숙하게 느껴지는지 이해할 수 없었다. 동시에 광지에게 연민이 일었다. 예사롭지 않은 연민이 말이다. 이 또한 이해할 수 없었다. 오로라의 가슴속에서 이 생각 저 생각이 떠올랐다가 사라졌다. 마치 오로라 자신이 비닐하우스에서 태어났을 때 이유 없이 비친 오로라처럼. 그런데 내가 태어났을 때 비닐하우스에 오로라가 진짜로 나타났을까.

엄마의 환각이 아닐 수도 있지 않을까. 그러면 진짜였을까. 정말이었을까. 정말이었으면 좋겠다. 나의 탄생이 그렇게 특별했으면 좋겠다.

광지는 보육원을 지나 시내로 향했다. 오로라가 광지의 뒤를 따랐다. 광지를 따라가는 동안 오로라는 무려 담배 한 갑을 다 피우기까지 했다. 광지는 허공에 맴도는 담배 냄새를 맡으면 멈추어 뒤를 돌아보았다. 그래도 오로라가 자길 따라오는 게 좋은 징조처럼 다가왔다. 그러면 오로라는 광지처럼 멈추어 서서 말없이 광지를 쳐다보았다. 광지는 오로라에게서 슬픔이 느껴진다고 했다. 슬픔? 어떤 슬픔? 앞서 걷는 광지에게 삽시 햇빛이 후광처럼 동그랗게 비추었다. 세상에 존재할 수 있는 가장 동그란 원 같았다. 광지는 마치 무지갯빛 풍선껌 속에서 유영하는 듯한 모습으로 천천히 걸었다. 오로라로서는 생전 느껴본 적 없는 생소한 그리움에 가슴이 저렸다.

그리움, 그러니까 오로라가 아는 한 그리움이라는 감정은 대상을 이미 알고 있음을 전제한다. 하지만 오로라는 광지를 오늘 처음 만났다. 여전히 광지는 무지갯빛 풍선껌 속에 있었고…… 오로라는 눈앞에 보이는 광경을 믿을 수 없었다. 고개를 털자 무지갯빛 풍선껌은 사라졌다.

광지가 뒤뚱대며 걸어 도착한 곳은 시내에서 가장 큰, 표면에 거울을 바른 듯한 제프리 양 복지 회관이었다. 광지가 그 지점 쥬씨로 향한 건 당연했다. 보육원 아이들에겐 체리콕이 무제한 무료였기 때문이다. 광지가 가장 큰 사이즈의 체리콕을 시키고 자리에 앉았다. 오로라가 광지 앞에 앉았을 때 광지는 별다른 반응을 보이지 않았다.

그러니까 광지는 오로라의 모순적인 말과 행동을 이해했던 것이다. 오로라는 분명 쥬씨에서 공부하지 않을 거라고 대답했으면서 광지 옆에 앉았다. 이 정신 나간 상태를, 광지는 이해할 수 있었다. 행아복의 섬에서 돌아온 이후 광지를 둘러싼 모든 것이 이율배반적이었기 때문이다. 모순이었기 때문이다. 말이 안 됐기 때문이다. 모든 게 거꾸로였다.

광지는 P읍에 도착한 이래 머리를 산란하게 했던 모든 일들을 잊어버리기로 했다. 사실 오로라에게 행아복의 섬에 대해 이러쿵저러쿵 떠들고 싶었지만, 오로라가 자길 이상하게 볼까 봐 걱정되었다. 그래서 광지는 이야기하는 대신 아이패드(제프리 양 선생님이 선물해 준 소중한 아이패드)를 켰다. 펜슬로 노트에 글을 써보려고 했지만 펜촉도 단어들도 미끄러졌다. 아이패드를 가방에 다시 넣었다.

카운터 옆 텔레비전에서 제프리 양이 나왔다. 제프리 양 선생님은 P읍에 GTX를 뚫어 의정부와 연결하는 사업에 적극적으로 참여하고 있었다. 제프리 양 선생님을 보니 광지의 심장에 누군가 바늘을 찌르는 것처럼 고통이 일었다. 제프리 양 선생님에 대한 그리움일까. 섬에서의 호화로운 생활을 등져버린 자기 자신에 대한 미움? 바비큐, 파기름을 넣은 열라면, 타코, 알리오 올리오, 아사이볼, 연어 샐러드가 그리웠다. 몽유병은 광지가 알지 못하는, 알지 못할 미지의 어머니에게서 받은 유전적 문제인가. 광지가 중얼댔다.

"있잖아."

오로라가 말했다. 광지가 묻는 눈빛을 보냈다.

"아니야."

광지가 말했다.

"너 말이야."

이번엔 오로라가 묻는 눈빛을 보냈다.

"아니야."

둘은 계속해서 무언가를 말하려고 노력했다. 하지만 여의찮았다. 대화 대신 서로를 탐색해 보려고 노력했지만 그것조차 할 수 없었다. 서로에 대한 말로 설명 불가능한 찝찝함이 강렬했으니까. 찝찝함이 두 사람의 교감을 모조리 차단했으니까. 왜 광지는 오로라를 보면 찝찝할까. 왜 오로라는 광지랑 같이 있으면 불편할까.

왜 두 아이의 중심에는 난해한 감정인 그리움이 당당하게 자리를 잡은 걸까. 왜 두 아이의 타임라인은 이토록 꼬인 걸까.

두 아이는 체리콕을 다 마시고 리필에 리필을 한 이후에도 어떠한 성과도 얻지 못했다. 과제를 하지도 못했고 서로에 관해 알아가지도 않았다. 외려 신나게 떠든 건 광지와 오로라가 아닌, 텔레비전 속 제프리 양뿐이었다. 그는 자신이 GTX 개통을 간절히 바라는 이유 중 하나는 P읍에서 생활하는 보육원 아이들이 더욱 넓은 세계로 편하게 나가길 바라기 때문이라고 했다. 텔레비전 화면의 제프리 양이 감상에 젖어 말했다. 여전히 그 멋진 가죽 장갑을 끼고 있었다.

"아이들은 이 작은 도시로부터 더욱 넓은 세상으로 나가야 합니다. 의정부와 서울에서 더 나아가 종국에는 세계를 향해······."

광지가 자리에서 일어났다. 아, 알코올이 고팠다. 그는 양손을 서서히 움직여 주먹을 쥐었다. 광지에겐 기회가 있었다. 악몽에 시달리지 않았다면, 몽유병에 걸리지 않았다면, 나를 납치했던 멍청한 아빠라는 작자만 아니었다면, 제프리 양 선생님이 언급한 그런 나라에 충분히 갔을 텐데. 가능성을 아주 포기하지 않아도 되었을 텐데. 왜 하필 악몽을 꾸게 된 거야. 왜 고작 꿈 때문에 기회를 내쳐버린 거야. 지금은 P읍에서 벗어날 가능성조차 없었다. 정규교육도 받지 않았고, 몸도 허약하고, 악몽을 꾸지 않으려고 사흘 내내 자지 않는 그런 아이에게 누가 신경 쓴단 말인가. 광지가 빈 유리컵 두 잔을 거칠게 밀었다. 컵이 깨지는 소리가 나자 사장님이 카운터에서 목을 길게 뺐다. 사장님은 아무 말도 하지 않았다.

"하지만, 하지만. 아직도 악몽을 꾸긴 하지만."

광지가 소리쳤다. 오로라는 깨진 유리를 주웠다. 손에 유리가 박혀 피가 났다. 광지는 오로라를 지나쳐 쥬씨 바깥으로 달렸다. 광지가 사라진 곳에 예희가 양손을 바지 주머니에 넣고 서 있었다. 예희는 허공의 어느 지점을 보며 고개를 끄덕였다. 예희의 고동색 머리카락에서 윤기가 돌았다. 히메컷이 잘 어울리네. 오로라가 생각했다.

"오로라."

예희가 오로라를 불렀다. 이어 덧붙였다.

"오늘 밤 축시(그러니까 새벽 한 시란 소리야)에 보육원 뒤편 정자로 가. 이걸 줄 테니 먹고 가."

예희가 빵 봉지를 넘겼다. 오토라기 되묻기 전에 예희는 이미 사라졌다. 한 대 패고 싶었던 예희였지만 왠지, 그 아이의 간결한 단호함에 이끌렸다. 보육원으로 돌아간 오로라는 새벽 한 시까지 도무지 무얼 해야 할지 몰랐다. 여덟 시경에 일찍 잠이 들었다가 자정쯤에 일어나는 게 나을 것 같아 잠들려고 노력했지만 자지 못했다. 또다시 악몽을 꿀까 두려워서. 오로라는 행아복의 섬에서 P읍에 도착한 이후로 매일같이 악몽에 시달렸다.

오로라는 Q 선생이 내준 과제를 위해 악몽을 복기하여 문자화하는 게 힘들었다. 사실 악몽에 관해 입 밖으로 내거나 글로 쓰기 힘들어서 치유를 위한 글쓰기 수업을 신청한 것도 있었다. 오로라가 원한 건 전문적이고 체계적인 치유였다. 하여튼 전문적인 치유를 단계별로 겪고 나면 악몽을 정확히 인식하고 진정한 치유의 길로 들어서리라. 그런데 Q 선생 같은 얼뜨기가 올 줄 누가 알았으랴.

오로라는 그 악몽을 어렴풋하게 기억했다. 하지만 기억하는 것과 입 밖으로 내는 것, 글로 써 내려가는 건 달랐다. 꿈은 별다른 내용이 없었다. 다만 느낌이 문제였다. 축축하고 외설스러우며 무언가 잘못된 느낌. 잘못된 지점이 어디라고 딱 잘라 말할 수 없는 미완성의 느낌. 불편한. 똥을 덜 닦은, 똥이 나오다가 만 느낌. 욱신거림. 뻐근함. 그보다도 더욱 자신을 괴롭히는 절망감. 구토감. 이런저런 생각을 흘려보내니 벌써 새벽 한 시, 축시였다.

오로라는 파자마에 슬리퍼 차림으로 정자로 향했다. 예희가 준 진저브레드도 다 먹었다. 담배는 두 갑을 준비했다. 보육원 뒤편 정자는 미술 실기실만큼이나 아이들이 찾지 않고 잊힌 곳이었다. 나무 곳곳이 썩어 삭았고 낙엽이 뒹구는 곳. 옷깃만 스쳐도 먼지가 묻는 더러운 곳. 새벽달이 컸다. 마치 노른자처럼. 밤하늘에 뜬 거대한 노른자가 정자의 한가운데를 비추었다. 핀 조명 같았다. 스테이지 같았다. 올라가야 했다. 마법처럼 소나기가 내리기 시작했다. 오로라는 웅크린 자세로 정자에 올라갔다.

오로라가 정자 한가운데에 서자 비가 멈췄다. 기이한 날씨였다. 빗물이 바닥에 일정하게 떨어지는 소리가 났다. 마치 제프리 양 선생님이 항상 켜주던 메트로놈 소리처럼. 오로라는 행아복의 섬에서 지내던 시절로 돌아간 기분이 들었다. 지금, 이 정자의 한가운데에서 그때 제프리 양 선생님과 정치인이 요구하던 춤을 춰본다면, 정말 그때로 돌아간 기분이 들지 않을까. 오로라는 왠지 자신의 기억을 시험해 보고 싶었다. 나에게 있어서 섬에서 지냈던 시절은 기쁨이었을까, 추억이었을까, 슬픔이었을까. 오로라가 라이터 부싯돌로 불을 켜고 담배에 불을 붙였다. 라이터 불에 푸른색 머리가 조금 탔다. 타는 냄새가 났다.

오로라는 스스로 창작한 안무를 천천히 추기 시작했다. 손을 들고 몇 바퀴 돌다가 하는 점프. 앉아서 하는 낮은 점프. 정자의 천장까지 닿을 만큼 높은 점프. 손을 위아래로 흔들고 앞뒤로도 뻗고, 왁킹처럼 사정없이 흔들다가, 몸 어디에도 중심축을 두지 않고 돌아보기. 턱짓을 하거나, 무언가 알아들었다는 듯 고개를 끄덕이기. 아니면 그냥 몸부림치기. 오로라 스스로 생각하기에도 그는 춤에 재능이 있었다.

그런데, 그런데.

오로라가 갑자기 멈추어 섰다. 심장박동이 머리끝까지 올라가 울렸다. 온몸이 터질 것 같았다. 손바닥에서 열이 났다. 오로라를 섬에서 쫓아낸, 아니, 스스로 나가게 만들었던 그 동작을 해봐야 할 것 같았다. 동물 흉내 말이다. 그래야 오로라가 꾸는 악몽이 자아내는 기이한 느낌의 정체를 알게 되리라. 타이밍에 맞추어 다시 소나기가 내렸다. 굵은 빗방울이 이팝나무 이파리에 떨어지며 리듬을 만들었다. 오로라는 정자에 엎드렸다. 나무 바닥에 돋은 가시에 무릎이 긁혀 아팠다. 오로라는 만약 강아지라면 가시에 긁혀 무슨 소리를 낼지 궁금했다.

오로라는 깽 하고 가느다란 소리를 내고 예의 그 맑고 큰 눈으로 사위를 살폈다. 자리에 앉아서 무릎에 혀를 대고 할짝대며 핥았다. 시큼한 쇳내가 입안에 머물렀다. 오로라는 입안에서 냄새를 맡아보려고 혓바닥을 조몰조몰대며 움직이다가 이내 짧은 울음소리를 냈다. 끼잉.

나는 이제부터 달빛의 푸른 털을 가진 강아지야.

그러고 나서 등을 바닥에 대고 누워 사지를 바들바들 떨었다. 마치 발작을 일으킨 개처럼 말이다. 오로라의 몸 전체가 흔들렸다. 혈액순환이 빨라졌다. 발끝부터 머리꼭지까지 피가 돌고 돌아 육체 곳곳에 닿았다. 몸이 뜨거워짐과 동시에 시원하기도 했다. 혓바닥이 저릿했다. 자제할 수 없을 정도로 입에서 침이 질질 흘렀다. 침은 입술의 굴곡을 따라 흐르고, 귀밑으로 흐르고, 콧물도 흘렀다. 눈물이 흘렀다. 오로라가 다시 깽, 하고 울부짖은 뒤 자리에 앉았다. 이번에는 사람처럼. 그가 손목으로 눈물을 닦으며 중얼댔다. 장대비가 더욱 거세졌다.

"나는 사실 악몽을 다 기억하는 것 같아, 다, 전부 다. 하지만, 하지만. 어느 지점은 말이야."

오로라가 말끝을 흐리자 비도 멈추었다.

"기억해 내고 싶지 않아."

오로라가 말을 끝마쳤다. 장대비의 소음은 사라졌다. 그 대신 미약하게 바람이 부는 소리가 들렸다. 자연이 부는 휘파람 소리. 오로라가 한쪽 팔을 들어 흐물거렸다. 물결같이. 결코 규정할 수 없는 움직임, 해파리와 물살의 춤. 항시 악몽이었던 꿈속에서 등장하던 물과 자연들. 그 거대하고 무서운 무자비함.

끼잉.

Q 선생과 수업하는 날. 아이들은 수업 시간보다 일찍이 실기실에 모였다. 광지, 오로라, 예희는 물론 아는 사이였지만 선생님을 기다리는 동안 서로 대화하지 않았다. 침묵이 어둡게 가라앉았다. 예희는 심심해서 장난삼아 라디오 ON 버튼을 눌렀다. 저번 시간처럼 노이즈가 나오는 대신 깨끗하고 맑은 목소리로 뉴스를 진행하는 아나운서의 음성이 들렸다. 십 분 뒤 Q 선생이 들어와 숙제 검사를 했다. 예희는 숙제를 하지 않았다고 말했다. 정확히는 자기가 숙제하는 건 중요한 일이 아니라고 했다. Q 선생은 예희를 빤히 바라보았다. Q 선생이 서툴게 말했다.

"그럼, 우리. 시작. 오케이?"

광지가 먼저 손을 들었다. Q 선생이 광지를 향해 활짝 웃으며 고개를 끄덕였다. 광지가 비틀대며 자리에서 일어났다. 그가 침을 삼키는 소리가 크게 났다. 광지가 물었다. 술에 취한 게 분명했다.

"선생님. 꿈 이야기가 긴데 괜찮을까요?"

"물론이죠. 광지, 술 마셨어?"

광지는 Q 선생의 물음에 대답하지 않고 바로 첫 문장을 읽었다.

"나는 비로소 문 앞에 도착해 손잡이를 당겼다. 문 바깥으로 강의 전경이 펼쳐졌다. 강의 표면이 활기차게 움직였다."

여러분, 끔찍한 일을 겪고 나서,
악몽을 꾼 적이 있으신가요?
저는 그런적이 있어요.
반복해서 같은 악몽을 꾸었습니다.
그러다 문득 저와 비슷한 일을 겪은 사람들이
저와 같은 꿈을 꾸지 않을까, 궁금해졌어요.

〈4인칭의 아이들〉을 읽으실 독자 여러분,
우리는 같은 꿈을 꾸었을 수도 있어요.
만약 우리가 같은 꿈을 꾸었다면,
우리는 언젠가 반드시 만날 수 있을 거예요.

여러분과의 만남을 고대하며,

김아나 드림.

제15회 혼불문학상 수상작
4인칭의 아이들
김아나 장편소설

Q 선생이 광지의 꿈 이야기를 들으며 교탁에 한 손을 올리고 턱을 괴었다. 광지가 머쓱한 얼굴로 선생님을 응시하자 Q 선생이 고개를 끄덕였다. 광지가 이어 읽었다.

"나는 섬에 있을 때 교육 시간이 끝나고 나면, 강가에 앉아서 수면의 윤슬만큼이나 반짝이는 미래를 꿈꿨다. 그러나 지금 마주한 강은 에메랄드빛이라곤 전연 띠지 않은 채 자연의 무지막지한 괴력을 뿜냈다. 강에 임한 산에서 불이 난 건지 강 표면이 붉게 물들었다. 나는 꿈틀대는 강의 표면을 맥없이 응시하다가 손등으로 눈을 비볐다."

오로라가 갑자기 손을 들었다. 그의 얼굴이 평소답지 않게 하얗게 질려 푸른색 머리칼과 대비를 이루었다. 코에 한 피어싱이 오늘만큼은 밝게 빛나지 않았다. Q 선생이 물었다.

"오로라. 문제 있어?"

"똑같······."

"뭐?"

"똑같아요."

오로라가 머뭇대다 입을 다물었다. Q 선생이 어깨를 으쓱한 뒤 광지에게 턱짓했다. 광지가 계속해서 꿈 이야기를 읽어 나갔다. 술에 심하게 취한 탓에 계속해서 비틀댔다.

"다시금 강을 보았다. 숨이 막혔다. 그건 강이 아니라 불에 타 고통받는 어느 존재의 꿈틀거리는 등과 척추뼈였다. 불에 달궈져 수포와 상처로 뒤범벅이 된 비틀린 살결. 나도 모르게 감정적으로 가장 깊은 사이라고 여겨지는 사람을 불렀다."

마지막 문장을 읽고 나서 광지는 한동안 입을 다물었다. 손에 든 종이가 조금씩 구겨졌다. 광지가 다시 읽었다.

"그 사람의 이름은, 제프리, 제프리."

오로라는 광지의 꿈 이야기를 들으며 식은땀을 흘리고 있었다. 이런 일이 가능한가. 정말 어떻게 이런 일이 일어난 걸까. 광지가 계속해서 읽었다.

"하지만 이름을 듣고 내게 다가온 건,"

오로라가 광지보다 먼저 선수 쳐서 말했다.

"비서였다."

광지가 빠르게 오로라 쪽으로 고개를 돌렸다. Q 선생은 한국어가 서툰 탓에 무슨 일이 벌어진 건지 사리 분별을 할 수 없었다. 예희가 일어나 교탁으로 향했다. 그는 Q 선생에게 귓속말로 무언가 말했고, Q 선생은 고개를 끄덕이며 옆으로 물러났다. 예희가 교탁에 양팔을 기대고 오로라를 향해 말했다.

"어제 다 씻어냈구나."

오로라는 예희의 말이 수수께끼같이 느껴지는 동시에 어떤 뜻인지 정확히 이해가 갔다. 오로라가 예희를 향해 고개를 끄덕였다. 예희가 이번에는 광지를 향해 손짓하며 말했다.

"계속해. 광지."

광지가 머리를 긁은 뒤 종이를 다시 잡았다. 종이는 이미 구겨질 대로 구겨졌고 땀에 젖어 손수건처럼 흐물거렸다. 광지는 참을성 있게 자신을 자제하며 끝까지 원고를 읽었다. 광지의 발표가 끝나자 예희가 의미심장하게 웃었다. 예희가 이번에는 오로라에게 숙제로 써 온 꿈 이야기를 발표하라고 시켰다. 오로라가 떨리는 목소리로 종이를 읽었다.

"나는 비로소 문 앞에 도착해 손잡이를 당겼다. 문 바깥으로 강의 전경이 펼쳐졌다. 강의 표면이 활기차게 움직였다."

교실에 침묵이 낮게 가라앉았다. Q 선생이 결코 이해할 수 없는 맥락의 침묵이었다. 예희가 오로라를 향해 단호하게 고개를 끄덕였다. 오로라 역시 광지처럼 끝까지 용기 내어 원고를 읽었다. 발표가 끝나자 아무도 말하지 않았다. Q 선생조차도. 예희가 말했다.

"얘들아. 걱정하지 마."

"우리 어떻게 해?"

광지가 물었다.

"일상생활 해. 평소처럼."

예희가 대답했다.

광지와 오로라는 고개를 끄덕였지만 실은 불안했다. 그들이 과제로 써 온 꿈 이야기는 처음부터 끝까지 동일했기 때문이다. 작문 수업이 끝난 뒤 오로라와 광지는 마치 약속이라도 한 것처럼 서로 마주 섰다. 오로라가 광지를 향해 새끼손가락을 내밀었다.

"지금부터 나한테 절대로 거짓말하지 않겠다고 약속해."

광지 역시 새끼손가락을 내밀었다.

"거짓말하지 않을게."

광지가 꼬인 혀로 대답했다. 오로라가 광지의 뺨을 두 번 쳤다.

"광지야. 정신 차려. 이거 중요한 일이야."

"아, 뭐가 중요한데."

"꿈에 대해 거짓말한 거 아니지?"

"무슨 거짓말?"

오로라와 광지는 보육원 뒤편에 있는 정자로 향했다. 어제 오로라에게 악몽에 관한 깨달음과 작문 실력을 준 그 정자 말이다. 둘은 더위사냥을 쭉쭉 빨아 먹으며 정자에 올라갔다. 둘은 약속이라도 한 것처럼 가방에서 꿈에 관한 이야기를 쓴 종이를 꺼냈다. 광지가 종이를 바닥에 펼치자 아이스크림이 녹아 뚝뚝 떨어져 종이가 훌렁해졌다. 오로라와 광지는 종이를 앞에 두고 한동안 무얼 할지 몰라서 허둥댔다.

오로라와 광지는 가부좌를 틀고 마주 보았다. 오로라가 광지의 팔을 자기 쪽으로 끌었다. 그러고 나서 서로 이마를 기댔다. 더위에도 식은땀이 흘러 두 사람의 이마가 끈적거렸다. 검고 푸른 머리카락이 한데 섞였다. 오로라가 말했다.

"이제 눈을 감으면 꿈으로 돌아가는 거야. 꿈으로 돌아가서 꿈을 한 장면씩 맞춰 보는 거야."

오로라의 이야기를 듣던 광지가 피식 웃었다. 오로라가 물었다.

"왜 웃어?"

"오로라, 너 원래 이렇게 말이 많았어?"

"뭐?"

"나랑 있으면 편해?"

오로라는 광지를 따라 옅게 미소 지으려다가 자제했다. 그가 잠시 목을 가다듬은 뒤 말했다.

"우리가 정말 처음부터 끝까지 똑같은 꿈을 꿨을지도 모르잖아."

"응."

광지가 나른하게 웃으며 대답했다.

"간다."

오로라가 말했다. 아무 일도 일어나지 않았다.

"꿈으로 간다."

광지가 오로라를 따라서 말했다. 또다시 아무 일도 일어나지 않았다.

"있잖아."

광지가 말했다. 오로라가 기다리다가 말했다.

"말해."

"예희가 소혜신녀 제자래. 무당의 제자면 뭔가 남다르잖아. 우리에게 답을 줄 수도 있잖아?"

소혜는 P읍, 구체적으로 광지와 예희가 사는 지역의 마을 무당이었다. 그러니까 광지도 잘 모르지만 어른들이 하는 말에 따르면, 소혜는 가족 대대로 이 지역을 위해 기도를 드렸다고 했다. 소혜는 신내림을 받아서 무당이 된 게 아니었다. 가업이었기에 거부할 수 없었다. 그런 소혜의 애동, 즉 제자로 예희가 지낸다는 것이다. 즉, 소혜는 예희의 엄마였다. 오로라가 물었다.

"걔는 마녀라며."

광지가 손목으로 땀을 닦으며 대답했다.

"무당 제자에다가 마녀이기까지 하면 우리가 함께 꾼 꿈의 실마리를 찾아주지 않을까? 그, 그런 사람들은 그런 거잖아. 그, 뭐지? 영적인 증거를 찾아내는. 그거. 말하기가 엄청 힘든데."

오로라가 뚱한 얼굴로 푸른색 머리를 귀 뒤로 넘겼다. 광지는 오로라의 뚱한 표정이 거슬렸지만 애써 참으며 말을 이었다.

"그런 전문가들은 무언가 알고 있잖아. 아까 수업 시간에 예희가 잘 정리해 줬잖아. 그치? 걔가 보통이 아닌 건 확실하잖아. 안 그래?"

"걔를 어떻게 믿어."

오로라가 물었다.

"야. 그게 문제야? 꿈이 똑같은 게 흔한 일이야? 이게 무슨 일인지 너는 안 궁금해? 네가 그랬잖아. 이건 중요한 일이라고. 너도 알고 싶어서 나랑 이러고 있는 거 아냐?"

광지가 말한 뒤 오로라의 얼굴을 살폈다. 오로라는 여전히 고민하는 것 같았다. 꿈에 대한 호기심이 무뚝뚝했던 그 아이를 여기까지 이끌었다. 그러나 알고 싶다는 충동과 정말 알게 되는 건 다른 문제였다. 오로라는 우리가 정말 같은 꿈을 꾸었을까 봐 무서운 걸까? 광지가 생각하는 동안 바람이 불어 목덜미가 시원해졌다. 광지는 자신과 접점이라곤 하나도 없는 오로라가 어떻게 같은 내용의 꿈을 꿨고 같은 내용의 문장을 구사하고 있는지 도무지 이해할 수 없었다. 둘 사이에는 어떤 운명적인 동질감이 감돌았지만 이유를 알 수는 없었다. 광지가 아는 한 삼차원 세계의 이성과 수학으로는 답을 찾을 수도 없고 파악조차 할 수 없었다. 광지가 답을 어디에서 찾아야 하는지 고민하는 동안, 오로라가 말했다. 오로라가 바지에 손바닥을 닦자 땀이 흥건하게 묻어났다.

"우리 만난 적 있지?"

광지가 고개를 세차게 저었다. 그가 덧붙였다.

"절대 만난 적 없어. 무슨 말을 하는 거야?"

오로라가 땀을 닦았다. 바람이 불며 이팝나무 가지가 맞부딪치는 소리가 났다. 어디선가 휘파람 소리도 났다. 오로라가 광지의 양어깨를 세게 잡고 말했다.

"아냐. 우린 만났어. 너 토요일마다 제프리 양 선생님이랑 상담했잖아."

광지가 고개를 푹 숙이고 중얼댔다.

"너 섬에 있었어?"

"너도 섬에 있었지?"

오로라가 말했다. 광지가 고개를 끄덕였다. 그가 오로라의 가슴팍에 이마를 쿡 하고 박았다. 둘은 한동안 서로를 안고 가만히 있었다. 둘의 웃옷이 서로의 땀으로 흠뻑 젖었다. 광지는 이제 완전히 술에서 깼고 오로라는 연신 담배를 피웠다. 오로라의 담뱃갑이 곧 비었다. 광지가 물었다.

"있잖아. 내가 공짜로 담배 구해줄까?"

오로라와 광지는 예희에게 도움을 청하기로 결정했다. 다음 주 수업까지 기다릴 수는 없었기에, 이야기가 나온 지금, 바로 예희에게 가보기로 정했다.

소혜신녀의 신당은 보통 무당의 집처럼 빨간색이나 흰색

깃발을 걸어두지 않았다. 서울에 가면 신당 문 앞에 기호나 깃발, 혹은 노골적으로 오방기를 걸어 그곳이 당집이라는 걸 표시하곤 했지만, 소혜신녀의 신당은 그렇게 하지 않았다. P읍에 사는 주민들은 마을 무당인 소혜신녀가 어디 사는지 알고 있으니까. 소혜신녀의 주택은 수백 년간 같은 자리를 지켰으니까. 그의 거처는 마을의 역사니까.

소혜와 예희가 사는 곳은 평범한 이 층 주택이었다. 원래는 한옥이었는데 살기 불편해서 허물고 새로 집을 지었다고 했다. 주택 뒤에는 P읍에서 가장 높고 험한 산이 있었다. 오래된 집을 허물 때 우물은 없애지 않은 것 같았다. 대문을 열고 들어가면 왼편에 우물이 있었다. 왠지 묵직하고 장엄하기까지 했다.

오로라와 광지가 소혜의 주택 정문을 열고 들어갔다. 이미 저녁 여섯 시가 훌쩍 넘었기에 방문하기에는 좀 무례한 시간이었음에도, 소혜신녀는 이미 아이들이 올 걸 알고 있었다는 듯 금방 집 밖으로 나왔다. 소혜는 아이들을 맞아 거실로 데려갔다. 무당이 사는 집의 거실은 일반인의 집과 다를 게 하나도 없었다. 커다란 텔레비전, 낮고 넓은 탁자, 미색 가죽 소파, 베란다를 가리는 얇은 기튼. 소혜는 귤피치 네 잔을 접시에 담아 왔다. 오로리와 광지기 컵을 받고 탁자 앞에 앉았다. 소혜가 의문에 차서 물었다.

"자기들 둘 다 힘들 팔자가 아닌데 왜 이렇게 힘들어? 힘든 일 있네."

오로라와 광지가 입을 꽉 다물고 말없이 고개만 끄덕였다. 소혜가 눈을 가늘게 뜨고 차를 한 모금 마셨다. 그리고 말했다.

"끼지 말아야 할 게 껴서 팔자를 뒤집어 놨네."

곧 방에서 예희가 나왔다. 예희는 인사도 없이 무작정 탁자 앞에 앉아 오로라와 광지를 유심히 살폈다. 예희가 소혜에게 조용히 물었다.

"엄마가 하는 게 낫겠지? 나보단 경험이 많잖아."

소혜가 컵 표면을 손톱으로 툭툭 치며 예희에게 대답했다.

"직접 봐야 알지 않겠어?"

유리에 손톱이 마찰하는 소리가 일정한 간격을 따라 났다. 오로라는 그 일정함이 짜증 났다. 오로라가 피어싱 볼을 만지작거리며 불편한 기색을 보이자 소혜가 물었다.

"왜? 불편해?"

오로라가 고개를 끄덕였다. 예희와 소혜가 눈빛을 교환하더니 아이들을 안방으로 이끌었다. 안방은 신당으로 쓰이는 것 같았다. 붉은색으로 치장된 제단은 전형적인 신당의 모습이었다. 오로라와 광지는 소혜의 안내에 따라 바닥에 앉았다. 예희가 그물 모양으로 자른 종이를 펴서 오로라와 광지의 머리에 가운처럼 씌웠다. 종이가 머리를 덮자, 오로라와 광지는 처음 느껴보는 완벽한 침묵 속에 갇힌 것 같았다.

분명 아까까지만 해도 집 안의 일상적인 소리, 수돗물 떨어지는 소리나 유리잔을 손톱으로 툭툭 치는 소리, 예희의 배에서 꼬르륵거리는 소리가 났었는데 말이다. 종이에 덮임과 동시에 바깥과 차단된 것이다. 마치 노이즈캔슬링을 한 것처럼. 아이들은 외부가 아닌 오로지 자신의 내부에서 나는 소리만을 들을 수 있었다. 수면 아래에서 바깥의 소리를 듣는 듯 소혜의 목소리가 흐릿하게 들렸다.

"무지무지 고통스럽구나. 무지무지 고통스러워."

오로라가 소혜의 말을 듣고 신음하기 시작했다. 광지는 두 손으로 얼굴을 감쌌다. 소혜가 이어서 말했다.

"슬픔이 덕지덕지 붙었어. 여기. 여기. 여기. 그리고 너희들은 이미 알고 있구나. 그렇지?"

"우리는 친구예요."

광지가 대답했다.

"많이 아프지?"

소혜가 말한 뒤 방울을 흔들었다. 오로라와 광지의 신음이 커졌다. 소혜가 이번엔 종을 들고 한 번, 두 번, 세 번 쳤다. 두 아이가 엎드렸다. 어깨를 흔들며 흐느끼기 시작했다. 그때 소혜가 모시는 동자에게 빙의되어 말했다. 아주 어리고 어린 목소리였다.

"아이들의 세계로 들어가야 쓰겄는디, 언니야."

예희가 동자에게 말했다.

"그럼 네가 좀 들어가 봐."

"나는 너무 어려서 들어가두 못 찾을 것 같은디. 언니야가 도와줘야 하겄는디."

"할 수는 있겠어?"

동자에게 빙의된 소혜가 고개를 크게 끄덕였다. 그가 거의 울먹이며 말했다.

"불쌍해 죽었어서 말이여."

"어떻게 할 건데?"

"내가 길 열어줄 테니 언니야가 들어가서 봐. 확인해 볼 게 한두 개가 아닌디. 오매, 복잡해."

예희가 고개를 끄덕였다. 소혜는 엎드린 두 아이의 머리통에 손을 대고 꾹 눌렀다. 광지가 침을 흘렸다. 오로라는 낑낑대면서 강아지 흉내를 냈다. 예희가 메트로놈을 켰다. 반복되는 마찰음이 일 분간 지속되었다.

리듬이 서서히 빨라졌다. 소혜가 예희에게 귓속말로 속삭였다. 오로라와 광지가 숨겨왔던 꿈의 어딘가로 침투해, 길을 잃지 않으려고 계획을 세우는 것처럼 보였다. 오로라와 광지는 식은땀에 흠뻑 젖어 버림받은 강아지들처럼 보였다. 동자에게 빙의된 소혜가 양손으로 오로라와 광지의 정수리를 쭈욱 눌렀다. 메트로놈 소리가 점점 빨라졌다. 소혜가 어린아이의 목소리로 소리쳤다.

"간다. 언니들. 따라 해. 간다."

오로라와 광지가 따라 말했다.

"간다."

예희는 어느새 검은색 모자가 달린 망토를 걸쳤고 눈 주위는 시커멓게 칠했다. 그러고 간다, 간다, 간다, 하고 구호를 외치는 소혜와 아이들 주위를 빙빙 돌았다. 소혜와 예희가 동시에 말했다.

"간다."

"간다."

"뿅 간다."

오로라와 광지가 소혜에게 물었다.

"네?"

"뿅 간다."

"뭐라고요?"

"뿅 간다. 따라 해."

메트로놈 소리가 더욱 빨라졌다. 예희가 오로라와 광지를 덮은 종이 가운을 벗겼다. 예희는 불붙은 스머지 스틱이 내뿜는 연기로 두 아이를 감쌌다. 오로라와 광지의 얼굴을 차례대로 쳐다보는 예희의 안광에 푸른색이 돌았다. 오로라의 탈색한 머리색과 거의 일치하는 푸른색. 오로라와 광지는 예희의 동공이 발하는 푸른빛에 홀려 무의식적으로 정자세로 고쳐 앉았다. 스머지 스틱은 맹렬히 불타오르며 평소보다 더욱 짙은 연푸른색 연기를 내뿜다가, 오로라와 광지의 곁에 오니 금방 꺼져버렸다. 예희가 고개를 갸우뚱하며 가루가 된 세이지를 바닥에 던졌다. 소혜가 새로운 스머지 스틱을 가져오자 예희가 불을 붙였다. 여전히 불이 붙지 않았다. 스머지 스틱이 물에 젖지 않았음에도. 소혜가 동자의 목소리로 말했다.

"언니들아. 집에 가고 싶어도 가면 안 돼."

오로라와 광지가 동자에게 빙의된 소혜에게 정신이 팔려 있던 도중, 예희가 바깥에 나갔다 들어왔다. 예희는 두 손으로 들 수 없을 정도로 많은 것들을 들고 왔는데 오로라와 광지는 그게 무엇인지 알 도리가 없었다. 예희가 오로라와 광지를 어느 구역에 꼭 붙여놓고 움직이지 말라고 했다. 물감을 적신 붓 같은 걸 들더니 아이들이 앉은 자리를 중심으로 바닥에 원을 그렸다.

예희가 원 주변에 일정한 간격으로 예쁜 빛깔의 돌을 놓았다. 그런 뒤 원 바깥으로 물러나 다시 스머지 스틱에 불을 붙였다. 스머지 스틱 끝에 붙은 불이 푸르게 활활 탔다. 예희가 푸른 연기를 내뱉는 세이지를 똑바로 들고 바닥에 그어진 원형 선을 따라 걸었다. 소혜가 예희 뒤를 뒤따랐다. 메트로놈 소리는 여전했다. 간혹가다가 공중에 별처럼 스파크가 튀었다. 예희가 망토에서 커다란 블루투스 스피커를 꺼냈다. 예희가 말하기를 작년 겨울에 '스퀴드'라는 영국 밴드의 내한 공연에 갔다고 했다. 이 밴드의 히트곡 중에 〈내레이터〉라는 곡이 있는데 라이브로 듣고 나서 예희는 확신했다고 했다. 노래가 전파하는 주파수와 자신의 주파수가 공명한다고. 이 노래는 자기만의 것이라고. 특히 곡 후반부에 여성 보컬이 비명을 지르는 부분이 있는데 그 부분이 자신과 음악 간의 공명 포인트라고.

"나는 공연이 끝나고 보컬에게 선물로 국립중앙박물관 굿즈인 고블릿 잔과 손 편지를 줬어."

광지가 왜냐고 물었다. 예희가 대답했다.

"내가 언젠가 이 노래의 주파수로 사람을 구할 예정이니까 미리 노래를 쓰는 대가를 지불한 거지."

오디오에서 〈내레이터〉가 흘러나왔다. 복잡하게 꼬인 음절과 기타 리프는 마치 오로라와 광지가 섬에 머물던 동안 매일 꾸었던 악몽을 닮았다. 노래가 계속되었다.

오로라와 광지는 서로를 껴안은 채 가만히 있었다. 예희가 망토에서 검은색 함을 꺼내 열었다. 함 속에는 깃털과 지독한 냄새가 나는 검푸른색 나뭇가지들이 있었다. 예희가 함을 뒤집어 아이들의 정수리에 털었다. 그러고 나서 또 망토 안에서 무언가를 꺼냈는데 (광지는 도대체 망토 안이 그토록 넓을 수 있는 건가 의문이 들었고) 이 또한 지독한 냄새가 났다. 먼지로 뒤덮인 더럽고 묵직한 덩어리 두 개였다. 예희는 원 안으로 들어가 아이들에게 각자 먼지로 뒤덮인 덩어리를 주었다.

그 덩어리는 못이 관통된 짐승의 심장이었다. 심장을 든 광지의 손이 경련했다. 신당은 이미 어둠으로 물든 상태였다. 마치, 오로라와 광지, 소혜와 예희가 우주의 가장 깊은 어느 곳에 함께 들어간 것 같았다. 메트로놈 소리에 따라 〈내레이터〉의 기타 리프가 미쳐 날뛰었다. 진공상태에서 부유하는 기분. 소혜와 예희가 외치는 목소리가 더욱 크게 들렸다.

"따라 해. 간다, 간다. 뿅 간다. 뿅."

오로라와 광지가 동시에 따라 했다.

"뿅."

〈내레이터〉는 중반을 지나 후반을 향해 갔다. 여성 보컬이 등장했다.

"뿅 간다. 뿅."

보컬이 괴성을 지르기 시작했다.

"뿅."

비명.

"뿅."

굉음.

"뿡."

"뿡. 힘줘서."

노래 끝.

"뿡."

두 아이가 뿡, 하고 절규했다. 그러자 신당 안의 네 여자가 동시에 어마어마한 소리와 질감의 방귀를 뀌었다. 방귀, 배출이라는 원초적인 행동이 주는 해방감이 신당을 장악했다. 그렇게 대단한 방귀를 뀌었음에도 냄새는 나지 않았다. 역설적으로, 방귀 냄새 대신 오로라와 광지가 잊어버렸던 (혹은 잊으려고 노력했던) 그 냄새가 냈다.

강의 냄새. 물 냄새. 지린내. 술 냄새.

메트로놈 소리가 극적으로 빨라져 이제는 쉼 없이 뛰었다.

이 소리는 꼭, 꼭 그 소리 같은데.

춤출 때 제프리 양 선생님이 틀어주던 메트로놈 소리던가. 오로라와 광지가 동시에 생각했다. 그때 예희가 오로라와 광지를 향해 망토를 활짝 펼쳤다. 오로라와 광지는 망토의 어둠 속으로 기어갔다. 망토 안에는 문이 있었다. 두 아이는 비로소 문 앞에 도착해 손잡이를 당겼다.

나는 비로소 문 앞에 도착해 손잡이를 당겼다. 문 바깥으로 강의 전경이 펼쳐졌다. 강의 표면이 활기차게 움직였다. 나는 섬에 있을 때

교육 시간이 끝나고 나면, 강가에 앉아서 수면의 윤슬만큼이나 반짝이는 미래를 꿈꿨다. 그러나 지금 마주한 강에 에메랄드빛이라곤 전연 띠지 않은 채 자연의 무지막지한 괴력을 뽐냈다. 강에 임한 산에서 불이 난 건지 강 표면이 붉게 물들었다. 나는 꿈틀대는 강의 표면을 맥없이 응시하다가 손등으로 눈을 비볐다.

오로라와 광지가 드디어 악몽 속에 입장했다. 악몽의 배경은 사방이 트인 강가였다. 익숙한 그곳. 빌어먹을 장소. 잊고 싶지만 결코 잊히지 않는 그곳. 오로라와 광지는 서로 손을 잡은 채 매일같이 꾸었던 악몽 속에서 꼼짝도 하지 못하고 있었다. 보통의 꿈과 다른 점이 있다면 누군가 오로라와 광지가 꿈에 대해 쓴 숙제를 크게 읽고 있다는 점이었다. 마치 내레이션처럼. 오로라와 광지가 마주 잡은 손에 힘을 주고 서로를 응시했다. 둘이 고개를 끄덕였다.

다시금 강을 보았다. 숨이 막혔다. 그건 강이 아니라 불에 타 고통받는 어느 존재의 꿈틀거리는 등과 척추뼈였다. 불에 달궈져 수포와 상처로 뒤범벅이 된 비틀린 살결. 나도 모르게 감정적으로 가장 깊은 사이라고 여겨지는 사람을 불렀다.

오로라와 광지가 노래하듯 말했다. 그 사람의 이름은 제프리, 제프리.

제프리, 제프리.

제프리, 제프리. 하지만 이름을 듣고 내게 다가온 건 비서였다. 광지가 내레이션 소리를 듣고 흠칫하고 놀라 뒤로 물러섰다. 그가 오로라에게 물었다.
"오로라. 저 사람 본 적 있어?"
오로라가 식은땀을 닦으며 끄덕였다.

하지만 이름을 듣고 내게 다가온 건 비서였다. 비서는 자동차에 엉덩이를 기대고 내게 인사했다. 갑자기 강 표면과 같은 색의 비와 우박이 섞여 내렸다. 나는 안다, 이것은 비와 우박이 아니라 찢긴 살결과 혈전이었다. 내 코를 따라 빨간 비가 흐르다 이내 입술 안쪽으로 들어왔다. 방치되어 오래된 체리 맛이 났다.

두 아이의 머리에도 피가 섞인 우박이 떨어졌다. 광지가 인중을 따라 흐르는 빨간 비를 혀로 핥으며 말했다.
"이상하지. 꿈인데도 냄새가 나고 체리 맛까지 나."
광지가 오로라의 손을 더욱 세게 쥐고 덧붙였다.
"냄새도 나고 맛도 나고."

자동차는 P읍에 나를 태우러 왔던 그 기다랗고 검은 모델이었다.

오로라와 광지가 그 기다랗고 검은 모델의 자동차 뒷좌석에 탔다. 차 안에서 물이 썩는 냄새가 진동했다. 내레이션이 계속되었다. 도대체 누가 말하는 걸까. 누구의 목소리일까.

차체 위로 피가 쏟아졌다 씻겨 나갔고 그 과정이 반복될 동안 리무진의 색이 흰색으로, 푸른색으로, 검은색으로 변모했다. 비서는 어느새 운전대를 잡고 자리에 앉았다. 비서는 시속 120을 밟아 달렸다. 나는 보조 손잡이를 잡고 등받이에 몸을 붙였다. 나는 죽은 게 분명했기에 과속이 두렵지 않았다. 외려 자동차가 한계 없이 달린다는 지점에서 속도의 경이로움을 느꼈다.

"조심해."
광지가 오로라에게 안전띠를 매주면서 말했다. 오로라는 얼어붙어서 더 이상 말을 하지도, 광지의 말을 듣지도 못하는 것 같았다.

우리가 달리는 목표 지점은 수평선 너머로 수천 년간 자리를 지킨 행아복 소유의 섬이 자랑하는 거대한 산맥이었다. 흰색과 청회색이 마블링 모양으로 섞인 아름다운 산맥. 비서는 지칠 줄 모르고 150까지 액셀을 밟았다. 나는 차창 바깥으로 만화경처럼 빠르게 지나치는 전경을 감상했다. 산맥이 빠르게 지나가며 청회색 얼굴 모양으로 보이기도 했다. 분명 내가 아는 얼굴이었건만 입술을 벌려 그 사람의 이름을 말할 수 없었다.

    꿈을 깨고 나니 그 얼굴들이 기억나지 않았다. 심지어 아직도.

    오로라와 광지가 자동차 창으로 시선을 돌렸다. 산맥이 빠르게 지나가며 일정한 얼굴 모양을 만들었다. 두 아이는 얼굴을 유심히 보았다. 차가 덜컹거려서 안전띠를 꽉 쥔 채로. 어디선가 메트로놈 소리가 나른하게 다가오다가 멈추었다. 오로라와 광지는 얼어붙은 채로 여전히 안전띠만 쥐고 있었다. 무언가 아이들이 말하는 걸 막고 있었다. 서로 나누던 대화 역시 사라진 지 오래였고, 어떤 깊고 답답한 절망감이 아이들 사이를 가로질렀다. 내레이터가 계속해서 말했다.

    속도계의 침이 180을 가리키자 비가 멈추었다. 비가 멈추자 비서가 웃기 시작했다. 나는 따라 웃지 않았다. 웃을 기분이 아니었다. 내가 물었다.

    두 아이가 동시에 말했다.

"비서 선생님. 왜 웃어요?"

"비서 선생님. 왜 웃어요?"

비서가 천천히 말했지만 알아들을 수 없었다. 산맥에 가까이 다다를수록, 흙바닥에 생긴 널따란 이랑 때문에 리무진이 앞뒤 좌우로 흔들렸다. 차창 너머 산맥이 제 몸체의 거의 전부를 드러냈다. 나는 창 너머 뒤틀린 전경을 응시함과 동시에 산맥이 하나의 거대한 얼굴로 변한 걸 알아차렸다.

"우리."
광지가 숨을 헐떡이며 큰 소리로 말했다.
"우리 지금 어디 있는 거지?"
"예희의 망토 속."
오로라가 차분하게 대답했다. 자동차 창 너머 산맥의 얼굴이 천천히 모습을 드러내고 있었다.

그것은…… 그것이 누구의 얼굴인지 기억 나지 않았다.

두 아이는 멍하니 얼굴을 응시했지만 아무 말도 하지 않았다. 그것은, 그것은. 오로라와 광지는 대답을 미루고 있었다. 왜. 도대체 왜.

그자의 얼굴은 그 누구도 잊어버릴 수 없는 그런 얼굴이었다. 산맥이 점점 커졌다. 얼굴도 점점 커졌다. 얼굴 앞에 선 나는 필연적으로 작고 연약한 존재일 수밖에 없었다. 얼굴은 나를 내려다보며 입을 크게 벌려 신음했다. 나는 소리 낼 힘조차 없어 헐떡댔다. 그 얼굴은 고통받고 있었다. 아니, 사실 얼굴의 찡그림이 고통인지 슬픔인지 알 수 없었다. 뱃속에서 불길이 이는 것 같았다. 아주 뜨겁게 차갑게 느껴지는 불길이.

 광지가 오로라의 손목을 잡았다. 그 악력이 오로라의 손목에 빨갛게 자국을 남겼다. 꿈속에서 느낀 뜨거운 불길처럼 빨간색. 피가 보닛에 떨어지는 소리, 메트로놈의 일정한 울림.
 "우리 나가자. 나가야만 해."
 광지가 말했다.
 오로라가 움직이지 않았다. 광지가 그의 손목을 잡고 끌었다. 그래도 오로라는 움직이지 않았다. 오로라, 오로라, 하고 광지가 소리쳤다. 오로라가 물었다.
 "우리 지금 어디 있는 거지?"
 "예희의 망토 속."
 산맥으로 이루어진 얼굴이 점점 선명해졌다. 그 얼굴이 또렷해지고 자아를 드러내고, 이름마저 명확해졌을 때, 광지 역시 오로라처럼 움직이지 않았다. 자동차 앞좌석에 박힌 비서의 몸이 으스러지며 피를 뿜었다. 검붉은색 피가 자동차 앞 유리를 색칠하듯 메웠다. 피가 운전석과 조수석을 다 채우고 뒷좌석까지 밀려 들어왔다. 곧 오로라와 광지는 발끝부터 정수리까지 피에 잠겼다. 광지는 붉은 물속에서 근육을 이완하고 후우- 하고 한숨을 길게 내쉬었다. 그러고 나서 바로 스으으-으으-읍. 빨간 물을 들이마셨다.

빨간 물에서 쥬씨 체리콕 맛이 났다. 오로라가 물속에서 헤엄쳤다. 푸른색 머리가 느리게 양옆으로 흔들려 미역처럼 보였다. 오로라가 광지를 향해 무어라 말했다. 말소리가 울렸다. 아니, 그런데 거긴 물속이 아니었다. 꿈속 아이들의 온몸을 감싼 것은 불이었다. 너무나도 뜨겁기에 차가운 화마. 아이들은 등부터 뜨겁게 타들어 갔고 종국에는 온몸이 불에 휩싸였다. 타는 냄새가 고소하게 났다.

"이-건 진짜가 아-니야. 광지야."

오로라가 말했다.

"우-리는 지금 예희의 망토 속에 있-어. 이-건 꿈도 아니고, 진짜도 아-니고. 뭘까."

광지가 대답했다. 그가 이었다.

"네 원-고는 여-기서 끝나는 게 아-니지?"

오로라가 그렇다고 하고 덧붙였다.

"두 문단 정도 더 썼-는-데. 너는?"

광지도 그렇다고 했다. 광지가 말했다.

"하지만 거-기까지 읽을 자신이 없-지? 더 읽-어-나가면 우-린."

그때 예희가 이제 멈춰라, 말했다. 멈-춰-라, 라고 하는 순간, 오로라와 광지가 한꺼번에 깊숙한 홀로 빨려 들어갔다. 아이들은 침묵을 지키며 미지의 터널을 지났다. 그리고, 그리고. 오로라와 광지가 눈을 떴다. 둘은 소혜의 집 거실 바닥에 누워 있었다. 짐승의 시꺼먼 심장을 안고 발버둥을 치는 채로. 신당 방문은 닫혀 있었다. 소혜와 예희가 아이들을 차례대로 내려다보았다. 소혜가 아이들에게 말했다. 탄내가 여전히 지독하게 났다.

"자기들 데리구 어디 좀 가야겠네."

예희가 소혜를 향해 고개를 끄덕였다. 광지가 배를 부여잡고 데굴데굴 굴렀다. 너무 아픈 나머지 비명조차 나오지 않는 것처럼 침묵하며 굴렀다. 몸을 구십 도로 굽히고 베란다 창까지 데구루루 굴렀다. 오로라는 심하게 기침을 해대다 결국 구역질을 했다. 그러다 눅진한 검은색 재를 뱉어냈다. 소혜와 예희가 각자 아이들을 붙잡고 팔다리를 주물렀다. 두 사람은 오로라와 광지의 몸에 기만히 손을 댔다. 손을 대자 아이들이 고통이 두 사람에게 고스란히 전달되었다. 그 독특한 종류의 고통이. 악몽 속으로 들어가기 전까지는 무감각하게 다가왔던 몸의 상처가. 다친 줄도 몰랐던 상처가. 예희가 식은땀이 돋은 광지의 이마를 쓰다듬으며 말했다.

"내가 너희들을 통해 본 건 아직 말하지 않을게."

"뭘 어떻게 봤다고. 네가 뭔데 봐?"

광지가 소리쳤다.

"볼 수밖에 없었어."

소혜가 아이들을 일으켰다. 아이들은 머리가 산발이 된 채로 일어났다. 예희가 말했다.

"아직 말할 시기가 아닌 것 같아. 미안해."

광지 역시 예희에게 아직 말하지 말라고 했다. 시간이 필요하다고. 생각할 시간이 필요해요. 정말이에요. 시간이 지나면 우리도 다 말할 수 있을 거예요. 언젠간. 소혜가 아이들에게 말했다.

"같이 어디 좀 가자."

예희가 오로라와 광지를 차례대로 일으켰다. 셋이 집 바깥으로 나갔다. 소혜가 오로라의 머리카락 색과 비슷한 청색 다마스 운전석에 앉아 한쪽 팔을 바깥으로 내민 상태였다. 소혜는 아이들을 향해 타라고 손짓했다. 예희는 조수석에, 오로라와 광지는 뒷좌석에 앉았다. 예희가 애들에게 담배와 소주 대신 쥬씨 체리콕 두 잔을 넘겼다. 오로라와 광지가 동시에 체리콕을 삼켰다. 네 명의 여자를 태운 다마스가 털털대며 집 바깥으로 나갔다. 차가 방지턱에 걸릴 때마다 차 안의 네 명이 공중에 살짝 떠서 천장에 머리를 박았다.

P읍에 있는 유일한 의료기관인 '바른 건강 의원.'

의원을 운영하는 닥터 P는 항상 머리를 올백으로 넘기고 평소에도 라텍스 장갑과 게르마늄 팔찌를 끼고 다니는 의사였다. 사실 P에게 진짜 의사 면허가 있는지는 모호했다. 확실한 건 닥터 P가 고치지 못하는 질병은 없다는 것이었다. 닥터 P는 아주 괜찮은 아줌마로 항간에 알려졌다. 극우 정당을 지지하며 제프리 양 선생님을 극도로 혐오하는 할아버지들조차 닥터 P는 괜찮은 아줌마라고 했다. 자기 엉덩이에 난 종기를 완벽하게 짜준 적도 있고 (그 종기는 결코 재발하지 않았고), 손자의 열병도 닥터 P에게 진료를 받으니 싹 달아났다며.

진료 시간이 지난 터라 닥터 P의 의원 문이 닫혀 있었다. 소혜가 주머니에서 휴대전화를 꺼내 자판을 쳤다. 문자가 전송되는 소리와 거의 동시에 의원 문이 열렸다. 닥터 P가 문을 열었다. 매끈매끈한 이마와 말총 같은 머리 스타일이 인상적이었다. 소혜의 뒤로 예희, 오로라, 광지까지 세 명의 여자아이가 따랐음에도 닥터 P는 놀라지 않았다. 예기치 못한 손님에 매우 익숙한 사람. 절대 놀라지 않는 사람.

소혜가 닥터 P와 이야기를 나누었지만 오로라와 광지에겐 잘 들리지 않았다. 예희는 아주 익숙한 몸짓으로 대기실 소파에 앉았다. 소파는 아주 맑고 예쁜 녹색이었고 쿠션이 팽팽했다. 예희는 그 예쁜 소파에 앉아 더욱더 익숙한 손짓으로 리모컨을 눌렀다. 텔레비전이 전자기장 소리를 내며 켜지자 오로라와 광지는 괜스레 움찔했다. 뭔가 잘못한 것도 없으면서. 텔레비전에서는 화재와 홍수, 살인과 자살, 마약과 이십 대 범죄 집단에 관해 이야기했다. 광지가 가본 적도 없는, 갈 생각조차 못 했던 이국적인 나라에서 비행기가 추락했다. 너무 많은 사람이 죽었다. 몇백 명. 몇천 명.

여기는 오로라와 광지, 두 명.

어디선가 열다섯 살 여자아이는 마약을 팔고, 어디선가 열다섯 살 여자아이는 비행기에 탔다가 추락하고, 어디선가 열다섯 살 여자아이는. 여자아이들은, 여자아이들은.

"나랑 예희가 아까 본 건 그래."

닥터 P에게 소혜가 말하는 소리가 들렸다. 소혜는 이따금씩 예희를 손가락으로 가리켰다. 예희가 다리를 벌리고 편안한 자세로 소파에 앉아서 엄마를 응시했다. 소혜가 말했다.

"그런데 분명해."

닥터 P가 장갑 낀 손으로 이마를 짚었다. 그는 오로라와 광지를 향해 고개를 돌렸다. 오로라와 광지는 서로의 손을 깍지 끼고 데칼코마니처럼 미동 없이 서 있었다. 키가 작고 주근깨가 짙은 아이와 키가 크고 푸른색으로 탈색한 아이의 외관은 확연히 달랐으나 무언가 닮아 있었다. 무엇이 닮았는지는 모르겠지만 하여간 닮았다.

그토록 닮은 아이들.

텔레비전 뉴스에서 P읍의 GTX와 관련하여 여야 논쟁이 크다고 발표했다. 씨발, 옘병할 것들이 맨날 싸우고 지랄이나 하고, 라며 예희가 중얼댔다. 닥터 P가 오로라와 광지에게 손 짓했다. 아이들은 닥터 P가 이끄는 곳으로 향했다. 진료실이라고 쓰인 아크릴판이 달린 문으로. 광지가 먼저 들어갔다. 오로라는 진료실 문 옆에 있는 의자에 앉아서 기다렸다.

광지는 방에 들어가 닥터 P를 마주했다. 닥터 P는 자리에 앉아 고요히 광지를 응시했다. 그가 한동안 움직이지 않았기에 광지는 제 뒤에 혹시 다른 존재라도 있는 건가 싶어 두리번대기도 했다. 닥터 P가 팔을 뻗어 광지를 가리켰다. 광지는 그 손짓이 주는 권위에 아무 말도 할 수 없었다. 닥터 P가 물었다.

"너 지금 기분이 어때?"

"예?"

"보육원 섬에 공부하러 갔니?"

광지가 그렇다고 했다. 닥터 P가 게르마늄 팔찌를 만지작대며 의뭉스러운 말투로 말했다.

"좋은 데라고 들었어. 가고 싶어 하는 애들 많더라."

"꿈같았죠."

광지가 십 분 뒤 진료실에서 나왔다. 오로라가 등을 구부리고 대기 의자에 앉아 기다리고 있었다. 닥터 P가 문을 열고 오로라를 데리러 나왔다. 광지는 의사와 오로라가 진료실로 들어갈 수 있도록 몸을 비켰다. 광지는 예희가 앉아 있는 초록색 소파에 걸터앉았다. 광지가 멍하니 소파를 바라보면서 말했다.

"초록색이네."

오로라의 진료가 끝나고 나서 닥터 P가 아이들에게 말하기를, 오늘 한 검사 결과가 나오기까지 시일이 걸린다고. 또 처방해 준 약을 먹고 괜찮아지더라도 꼭 끝까지 다 먹어야 한다고 강조했다. 소혜는 아이들을 데리고 야간 약국에서 약을 받았다. 오로라와 광지, 예희와 소혜, 네 명의 여자는 다마스를 타고 집으로 향했다.

가는 길에 걸린 현수막에는 온통 GTX 이야기뿐이었다. GTX 타령이 지겹다고, 광지가 잠깐 생각했다. 현수막 중 일부에는 제프리 양 선생님의 얼굴이 인쇄되었다. 광지는 방귀를 통한 꿈속으로의 입장과 의원 방문 이후로 제프리 양 선생님의 얼굴을 똑바로 볼 수 없게 되었다.

소혜가 운전대를 잡고 오로라와 광지에게 말했다. 금요일, 토요일, 일요일에 다시 만나자고. 아니, 일요일까지 보육원 말고 소혜네 주택에 머물라고 했다. 아이들은 원래 항시 머물러야 할 집이랄 게 없었기에 알았다고 했다. 의원에서 검사를 마치고 소혜의 주택으로 돌아온 오로라와 광지는, 거실에 이불을 펴고 누웠다.

벌써 늦은 밤이었다. 베란다 창에 걸린 커튼은 모조리 열어 둔 상태라 밤의 달빛이 거실에 드리웠다. 오로라의 머리칼이 레몬색 달빛과 섞여서 독특한 빛을 냈다. 마치 오로라의 머리칼에 오로라가 드리운 것 같다고 광지는 생각했다. 아니. 진짜 오로라의 주변에는 오로라빛이 만연했다. 너희 엄마가 진짜 이름을 잘 지었구나, 하고 말하고 싶었다. 하지만 서로 잘 모르는 상태에서 부모님에 관해 이야기하는 게 무례한 건 아닌가, 고민했다. 광지의 입이 탔다. 소주가 정말 고팠다. 광지가 말했다.

"꿈속에 들어갔을 때 목소리가 들렸잖아. 그 내레이터가 누굴까."

"예희 목소리도 아니었어."

오로라가 광지 쪽으로 몸을 돌려 누웠다. 그가 손으로 머리를 받치고 광지를 훑어보았다. 광지는 천장을 바라보고 있었다. 광지가 물었다.

"오로라. 너 약 먹었어?"

오로라가 그렇다고 했다. 광지가 자리에서 일어나 냉장고로 향했다. 오로라가 속삭였다.

"안 돼. 약 먹을 때는 술 마시면 안 된다고."

광지가 냉장고 문을 열었다가 닫았다. 대신 싱크대를 거쳐 뒷베란다 문을 열고 화이트 하임과 몰티져스 초콜릿 캐러멜 골드, 무뚝뚝 감자칩, 눈을 감자, 포카칩 초록색을 들고 왔다. 오로라가 포카칩 파란색은 없냐고 물었고 광지는 없다고 했다. 둘은 이불 위에 과자를 까놓고 먹었다. 소혜와 예희가 깰까 봐 침으로 과자를 녹여 먹었다. 그렇게 바스락대다가 기분을 좀 내야 할 것 같아, 오로라가 유튜브로 올리비아 로드리고의 노래를 작게 틀었다.

행아복의 섬에서도 이렇게 친구들이랑 놀았으면 재밌었을 텐데. 만약 섬에서 누군가와 대화할 수 있었더라면. 만약, 만약에. 그때 다른 반 아이들에게 관심을 가졌더라면. 제프리 양 선생님은 결국 섬에서 떠난 이후로 내게 연락도 하지 않는데. 광지의 코가 매워졌다. 눈물을 삼키기 위해 과자를 씹었다. 오로라가 말했다.

"하고 싶은 말이 있는데 단어를 몰라서 말을 못 하겠어."

"그럼 조금 더 생각해 봐. 오로라, 있잖아. 단어는 언젠가 꼭 나타나더라."

둘은 과자를 다 먹고 봉지를 딱지 모양으로 접었다. 오로라가 털썩 누워 양손으로 자기 머리를 헝클며 물었다.

"너, 꿈의 모든 내용을 다 쓴 거 맞아?"

광지가 대답했다.

"아니."

"나랑 똑같아."

"뭐? 너도 다 안 썼다고?"

"응."

"진짜?"

오로라와 광지는 다음 날 일찍 일어날 수밖에 없었다. 아침부터 소혜에게 예약 없이 손님이 왔기 때문이다. 소혜가 손님을 받는 동안 예희가 아이들에게 아침밥으로 계란말이와 김치찌개를 차려줬고 함께 먹었다. 디저트로는 휘낭시에를 구워줬다. 신당에 오는 사람들은 대부분 P읍 사람들이었다. 같은 사람들이 매번 같은 주제로 소혜신녀에게 상담하러 오는 것 같았다. 예희가 소혜를 도와야 할 일이 있었기에, 오로라와 광지는 소파에 앉아 캐러멜을 먹었다.

점심을 먹고 좀 지나자, 예희가 아이들에게 뒷산에 기도하러 갈 건데 같이 가자고 했다. 오로라와 광지, 예희는 산으로 향했다. 예희는 산 초입부터 이리저리 시선을 돌리며 무언가를 살폈다. 예희는 마녀라 산귀신도 볼 수 있겠지, 싶어서 오로라와 광지는 가만히 그를 따랐다. 산짐승들이 아이들의 뒤를 따라 걷는 기척이 느껴졌지만 딱히 모습을 드러내지는 않았다. 이런 깊은 산속에 사는 짐승은 종류가 무엇일까. 개는 아닐 테고, 고양이?

예희는 산을 오르다 멈추고 오르다 멈추고를 반복했다. 나뭇가지나 열매, 꽃이나 버섯 같은 걸 채집했기 때문이다. 오로라와 광지는 예희의 걸음과 맞추려고 했지만 계속해서 예희한테 부딪혔다. 예희가 산으로 오르려다가 멈춰 서서 오로라와 광지에게 물었다.

"엄마랑 내가 너무 너희 꿈을 들쑤시는 것 같아?"

예희는 애써 차가운 말투를 유지하려고 하는 것 같았지만 어떤 떨림이 느껴졌다.

"어제 많이 힘들었어?"

오로라는 대답하지 않았다. 광지는 흙바닥을 신발로 꾹꾹 누르며 대답했다.

"예희. 힘들지만 나도 이제 알아야 하지 않을까."

"뭘?"

광지가 허공에 대고 손을 천천히 휘둘렀다. 마치 손을 휘저으면 대답을 잡을 수 있을 것만 같아서. 광지가 뒤늦게 말했다.

"아. 모르겠어."

오로라는 더 이상 아무 말도 하지 않았다. 정오가 지나자 강렬한 햇빛이 오로라의 푸른색 머리를 비추었다. 오로라의 두피에서 까만색 머리가 자라고 있었다. 예희는 새로 돋아나는 까만색 머리를 응시하며 참 머릿결이 빳빳하다고 속으로 생각했다. 꼭 오로라 본인처럼.

예희가 멈춘 건 산 정상에서였다. 낮은 산이었지만 모두 숨이 차서 헐떡댔다. 또래보다 근력이 좋은 오로라도 무릎을 짚고 숨을 골랐다. 광지 역시 땀을 닦았다. 예희는 정상에 있는 벤치가 아닌 다른 곳으로 향했다. 오로라와 광지가 예희를 따라가니 작은 공터가 나왔다. 사람의 왕래가 거의 없는 곳처럼 보였다. 예희가 공터의 한 부분을 가리켰다. 오로라와 광지가 거기에 섰다.

예희가 에코백에서 집에서 가져온 약초, 마른 세이지 잎을 모아 흰색 실로 돌돌 만 것, 목이 긴 병 속에 담긴 정체불명의 오일들, 유리컵, 에나멜 소재의 검은색 상자 세 개를 꺼냈다. 오로라와 광지는 예희의 지시에 따라 서로 마주 앉았다.

둘은 예희가 시키는 대로 서로 약지를 감았다. 예희가 세이지 잎에 불을 붙여 컵 안에 두었다. 연기가 나선형을 이루며 오로라와 광지의 주변을 휘돌았다. 연기가 공간을 감싸자 공터 가장자리에 심어진 나무들의 이파리가 저절로 자랐다. 정오의 강렬한 햇빛은 공터를 돔처럼 감싼 나뭇가지와 잎으로 가려졌다. 세이지가 내뿜는 연기가 서서히 오로라와 광지의 콧구멍으로 들어갔다. 예희가 검은 상자에서 시커먼 가루를 꺼내 두 아이의 머리에 뿌렸다. 오로라의 윗니 아랫니가 덜덜

떨리며 부딪치는 소리를 냈다. 떨고 있었다. 예희가 오로라에게 말했다.

"오로라. 알잖아. 거기로 들어가야 하는 거."

공터 주위로 수백 마리의 짐승이 다가오는 발소리가 들렸다. 어둠이 밀려 들어왔다. 사위가 캄캄해졌다. 오로라는 휴대전화를 꺼내서 시간을 확인했다. 13:00. 하지만 어두웠다. 완벽한 흑막 속의 오로라와 광지를 향해 꿈 이야기를 읽는 내레이터의 목소리가 들렸다. 두 아이는 어느새 꿈속에 들어와 있었다. 둘은 지난번 꿈이 끊긴 그 자리에 그대로 있었다. 온몸이 불타는 채로 말이다. 둘은 산맥 쪽으로 걸어갔다.

얼굴 모양 산맥 아래로 구멍이 뚫렸다. 구멍은 점점 커져서 입구처럼 변했다. 들어가야 한다는 느낌이 들었다. 그러나 들어갈 수 없었다. 발에 무게 추가 달린 것처럼 무거워서 걸을 수 없었다. 나의 몸이 점점 무-거-워-졌-다. 뜨거운 불길이 차올라 나를 감쌌다.

내레이터가 울먹이며 말했다. 오로라와 광지가 산맥의 동굴 구멍 입구를 향해 몸의 무게중심을 기울였다. 하지만 몸이 무지 무거웠다. 행아복의 섬을 두른 바닷물을 온몸으로 흡수한 것처럼.

고통스러워하는 오로라와 광지의 뒤로 검은 어둠이 몰려

왔다. 어둠은 어떤 거대한 형체였고 아이들을 움직이기에 충분한 힘을 가졌다. 하지만 아이들의 두려움이 어둠보다 더욱 위력적이었기에, 가공할 만했기에, 어둠이 아이들에게 닿는 걸 방해했다. 검은 어둠과 두 아이가 완력 싸움을 시작했다. 내레이터가 꿈 이야기를 계속해서 낭독했다.

내 밑이 쓰라렸다. 하체의 어느 한 곳에서 마치 폭탄이 터진 것 같았다. 나의 하체의 어느 부분이 활짝 열렸다. 그 사이로 빨간색 끈이 1미터, 4미터, 10미터까지 분출되었다.

"아니. 그건 끈이 아니었다."
"아니. 그건 끈이 아니었다."
어느새 예희도 오로라와 광지의 꿈속에 들어와 있었다. 예희는 검은 망토를 두르고 산맥 밑에 뚫린 동굴 구멍, 입구 옆에 서서 말했다.
"그래, 그건 끈이 아니었어."
광지가 말했다.
"하지만 산맥 입구 안으로 들어갈 수 없어. 예희. 몸이 너무 무거워."
"그러면 산맥의 얼굴을 봐줘. 얼굴은 누구야?"
예희가 말했다.

아니. 그건 끈이 아니었다. 나는 내 몸이 분출한 그것을 만져보았다. 그건 피였다. 쓰라린 피. 행아복의 산맥에 새겨진 얼굴이 나와 눈을 마주쳤다.

어둠의 위력이 아이들을 태우고 산맥을 향해 솟아올랐다. 갑자기 솟구치는 느낌에 놀란 오로라와 광지가 밑을 내려다보았다. 예희가 창백한 얼굴을 하고 아이들을 향해 소리쳤다.
"산맥의 얼굴을 봐."
오로라와 광지는 어둠의 도움을 받아 산맥의 정면에 섰고, 드디어 얼굴의 정체를, 이름을, 입 밖으로 내뱉을 수 있었다.
"제프리."
"제프리."
갑자기 오로라와 광지를 태웠던 어둠이 힘을 잃고 사라졌다. 두 아이는 바닥에 떨어질까 봐 무서웠지만 타격감이 없었다. 눈을 뜨니 뒷산 공터에 얌전히 누워 있는 상태였다. 눈을 떴음에도 여전히 밤이었다. 오로라가 신음하며 휴대전화를 꺼내 시간을 확인했다. 13:01. 해는 여전히 들지 않았다. 아무 소리도 들리지 않았다. 꼭 레진으로 꽉 찬 상자 속 모형이 된 기분이었다. 오로라가 광지를 향해 손을 뻗었지만 만져지는 게 없었다. 귓속이 뜨거웠다.

오로라가 격렬하게 고개를 흔들자 재가 떨어졌다. 광지는 배를 잡고 구르고 있었다. 광지는 비명을 지르다 말고 땅바닥에 새우처럼 고꾸라져서 그 어마어마한 고통을, 울음소리를 몸 안으로 삼키기 시작했다. 오로라는 비명의 절정은 침묵이라는 걸 처음으로 알았다.

예희가 어둠을 향해 휘파람을 불었다. 사위를 빽빽하게 채웠던 어둠이 조각조각 나뉘어 하나씩 움직이기 시작했다. 오로라는 어둠 조각이 하나둘 사라질 때마다 숫자를 셌다. 어둠은 흑색 털을 가진 들개들이었다. 수십 마리의 들개 무리가 광지와 오로라의 주위를 둘러쌌던 것이다. 흑색 개들은 어쩌면 강렬한 햇빛뿐 아니라 어떤 공포심에서 두 아이를 보호하려고 왔을지도 몰랐다.

하나둘씩 움직인 개들이 향한 곳은 광지였다. 흑색 개들은 광지의 주위를 둥그렇게 감싸고 햇빛으로부터, 고난으로부터, 트라우마와 충격으로부터 아이를 보호했다. 광지가 구토하기 시작했다. 그는 아마 아주 많은 잿더미를 토해냈을 것이다. 어떻게 중학생의 몸에서 이런 게 나올까 싶을 정도로, 크고 눅진한 잿더미를.

예희가 오로라를 일으켜 주었다. 오로라가 자리에서 일어나면서 휘청댔다. 누군가 가위로 자른 것처럼 의식이 일부 끊긴 것 같았다. 예희는 오로라를 부축했고 흑색 개들은 고통에 몸부림치는 광지의 볼을 핥았다. 광지가 예희를 향해 힘겹게 말했다.

"사실 쓰지 않은 게 있어. 나는 꿈 숙제에 모든 걸 쓰지 않았어."

"그래, 그래."

"꿈인지 아닌지 긴가민가해서 그랬어."

"괜찮아."

예희가 대답했다. 오로라는 예희의 품에서 여전히 휘청였다. 입은 굳게 닫은 채로.

III 우리는 3.5인칭의 아이들

오로라와 광지, 예희가 집으로 돌아오니 오후 세 시였다. 꿈속에서 제프리 양이라는 이름을 얻은 그날 밤, 예희가 소혜의 침실로 와서 말했다.

"쟤네 괜찮을까."

소혜가 입술을 깨물었다. 그는 신을 찾으며 분주하게 옷매무새를 다듬었지만 딱히 이유 있는 행동은 아니었다. 예희는 소혜의 침대에 걸터앉아 두 손으로 얼굴을 감쌌다. 소혜는 무언가 말하려다가 멈추었다. 오늘따라 소혜가 모시는 동자도 조용했다. 소혜가 해야 할 일은 광지와 오로라를 돌보는 것뿐이었기에, 명징했기에, 동자님이 응답하시지 않는 걸지도 몰랐다. 그래서 해야 할 일을 하기로 했다.

무서운 건 두 아이가 놀랍게도 평범하게 행동했다는 사실이다. 오로라와 광지는 밥도 잘 먹었고 잘 잤고 서로 대화도 했고 (물론 오로라는 예희와 소혜의 물음에는 일절 답하지 않았지만) 작문 수업에도 나가려고 했다. 다만 소혜의 요청으로 작문 수업은 일주일간 쉬기로 했을 뿐이다. 소혜와 예희는 주기적으로 아이들에게 괜찮냐고 물었다. 응, 괜찮아요. 광지는 언제나 상냥하게 대답했다. 오로라는 대답하지 않았다.

아이들은 자기가 본 무언가를 충실히 삼켜버리려고, 잊어버리려고 노력하는 것처럼 보였다.

쉬는 동안 Q 선생은 여전히 호스텔에 기거 중이었다.

매일 기도하면서.

토요일에서 일요일로 넘어가는 새벽, Q 선생은 꿈을 꿨다. 그는 꿈에서 아주 고요한 정자에 앉아 있었다. 정자 지붕에 걸친 듯 솟은 커다란 달이 정자를 단아하게 비추었다. 그런데 그 거대한 달이 점점 커지며 노란색으로 변해갔다. 달은 선생의 얼굴 가까이 다가올 만치 커졌다. Q 선생이 달 가까이에 가서 관찰했다. 놀랍게도 그건 달이 아니라 스피커였다. 달의 울퉁불퉁한 표면이라고 여겼던 건 사실 스피커 구멍이었다. Q 선생이 달 모양 스피커 앞에 가만히 서서 지시를 기다렸다. 그때 누군가 마이크를 켜는 소리가 들렸다. 전자기장의 소리. 목을 가다듬는 소리에 이어 이런 소리가 들렸다.

"선생님. 다니엘서 3장을 펴주세요."

스피커에서 나오는 목소리는 오로라와 광지, 예희 또래의 목소리였지만 동시에 성숙하기도 했다. Q 선생이 어리숙하게 되물었다.

"네?"

"선생님. 꿈에서 깨면 다니엘서 3장을 펴주세요."

"바이블을 말하는 겁니까?"

달 모양 스피커는 Q 선생의 물음에 대한 대답도 없이 갑자기 축소되어 사라졌다. Q 선생이 일어났을 때는 온통 땀에 젖어 있었다. 호스텔이 어두웠다. 창 바깥에는 달이 비추지 않았다. 대신 탄 냄새가 지독하게 났다. Q 선생은 창문을 조심스럽게 열었다. 대여섯 명의 아이들이 신문지에 불을 붙여 놀고 있었다.

Q 선생은 자기도 모르게 영어로 아이들에게 호통쳤다. 아이들은 썰물처럼 사라졌고 아직 불씨가 남은 신문지가 바닥에 뒹굴었다. Q 선생은 거의 날아가다시피 바깥으로 나가 불씨가 붙은 신문지를 발로 마구 밟았다. 불에 타고 남은 신문지에는 제프리 양이 팔짱을 끼고 카메라를 응시하는 사진이 반쯤 남아 있었다. Q 선생이 중얼댔다. 다니엘서 3장과 불씨, 다니엘서 3장이라, 불이라. 선생이 제프리 양의 얼굴 반절이 남은 신문지를 집었다.

Q 선생은 급박하게 자기가 머무는 호스텔로 달려갔다. 하도 급하게 달리느라 중간에 넘어지긴 했지만 아픔조차 느껴지지 않았다. 그는 방문을 열고 배낭으로 직행했다. 배낭 속에서 두툼한 성경을 꺼냈다. Q 선생은 손가락에 침을 묻혀 거의 종잇장을 구기듯 성경을 넘겼다. 비로소 도달한 다니엘서 3장을 순식간에 읽었다.

다니엘서 3장에는 세 명의 친구가 등장했다. 사드락, 메삭, 아벳느고가 그 세 친구였다. 이 세 친구는 바빌론에 포로로 끌려가 왕을 보필하는 업무를 부여받았다. 하지만 사드락과 메삭, 아벳느고는 느부갓네살 왕 앞에 절하라는 명령을 거부하고(하나님 외에 우상을 섬기지 않는다는 뜻에서), 형벌로 평상시보다 일곱 배나 뜨거운 풀무 불에 던져지게 된다. 하지만 세 사람은 불 속에서 죽는 걸 두려워하지 않았다. Q 선생의 손가락은 다음과 같은 문장을 가리켰다.

"총독과 지사와 행정관과 왕의 모사들이 모여 이 사람들을 본즉 불이 능히 그들의 몸을 해하지 못하였고 머리털도 그을리지 아니하였고 겉옷 빛도 변하지 아니하였고 불 탄 냄새도 없었더라."

Q 선생은 조심스럽게 성경과 신문 조각을 호스텔 바닥에 내려놓았다. 그 자리에서 무릎을 꿇고 창문을 향해 손을 모았다. Q 선생의 머릿속에서 사드락, 메삭, 아벳느고는 자기가 가르치는 세 아이들, 오로라, 광지, 예희를 의미했다.
"주여. 이 아이들이 풀무 불에 던져지는 것과 동일한 시련을 겪고 있다는 말씀이십니까?"
주님은 대답해 주지 않았다.
"맞습니까?"

침묵.

Q 선생이 반복해서 물었지만 신의 목소리는 들리지 않았다. 선생은 성경과 신문 조각을 가방에 넣었다. 그러고 나서 침대로 올라가 자리를 잡고 누웠다. 아침이 밝고 아이들을 만나면 내 궁금증이 해소될 거야. 하나님이 내게 이유 없이 이런 상징을 꿈으로 전달하시진 않을 거야. 꿈뿐만 아니라 현실에서도 증거를 주셨지. Q 선생이 양손을 모아 배 위에 올렸다. 왠지 이런 신성한 신호를 받은 날에는 정갈한 자세로 잠들어야 할 것 같았다. 하지만 잠이 오지 않았다. 다니엘서 3장을 펴라고 했던 스피커의 앳된 목소리가 마음에 걸렸다.

일주일간의 휴식 이후 첫 수업 시간.

Q 선생은 교실에 들어가자마자 묘한 위화감을 감지했다. 아무것도 달라진 게 없어 보였지만 아니었다. 평범한 분위기 속에 감추어진 묘한 무게감. 책상에 똑바른 자세로 앉아 있는 세 아이, 광지, 오로라, 예희. 특히 광지는 양손을 책상 위에 올려두고 어딘지 모를 곳을 골똘하게 쳐다보았다. 얼굴과 팔에 핏기가 없었다. 바삭거리는 잿빛 눈가는 이따금 경련했다. 입술이 시퍼렇게 질린 아이. 할 말이 아주 많아 보이기도 했다. 광지 옆에 앉은 오로라는 더욱 으스스해 보였다. 얕은 숨을 헐떡이고 있었기 때문이다.

Q 선생은 아이들의 눈치를 보며 조심스럽게 다니엘서 3장과 제프리 양이 나온 신문 조각 복사본을 아이들에게 돌렸다. 선생은 아이들이 그저 의문에 찬 반응을 보일 거라고만 생각했지, 미친개처럼 튀어나와 선생에게 주먹질할 줄은 추호도 몰랐다. 튀어나온 아이는 광지였다. 예희는 광지를 따라가려다가 의자에서 떨어졌다. 겨우 두 사람에게 도착했을 때는 이미 광지의 무자비한 폭행이 끝난 후였다. 곧 Q 선생의 왼쪽 눈두덩이도 광지의 입술처럼 시퍼렇게 변했고 부풀었다. Q 선생이 서툴게 말했다.

"도움을 주려고 함."

"네가 뭘 안다고 지껄여."

Q 선생은 한국말은 못 알아듣는다고 고개를 으쓱했다. 예희는 비닐봉지에 차가운 물을 담아와 퉁퉁 부은 Q 선생의 눈에 대주었다. 선생은 예희의 무릎에 누웠다. 광지가 미친개처럼 달려 나오느라 교실의 책상과 의자는 엉망진창인 상태였다. 결국 세 아이와 Q 선생은 교실 바닥에 앉아 수업을 진행하기로 했다. 선생은 천장을 보며 힘없이 말했다.

"Divine revelation.(계시.)"

"영어 쓰지 마."

광지가 식식대자 오로라가 그를 껴안았다. 두 사람은 곧 부둥켜안았다. 광지의 식식댐이 멎었다. Q 선생이 힘든 손길로 구글 번역을 돌려 아이들에게 보여주었다.

"그것은 계시였다."

예희가 휴대전화를 들어 유심히 살피고 선생에게 되돌려주었다. 예희가 물었다.

"꿈을 꿨어?"

Q 선생이 고개를 끄덕인 뒤 주머니에서 신문 조각을 꺼내 보여줬다. 그가 말했다.

"밖에서 이것도 봤어. Let me talk.(내가 말하게 해줘.)"

예희가 고개를 끄덕였다. Q 선생은 광지와 오로라, 예희가 사드락과 메삭, 아벳느고라고 자신 있게 주장했다. 또한 이 어려운 이름의 소유자들이 어떤 고난을 겪었으며 어떤 해피엔딩을 겪었는지 자세히 설명했다. 하지만 신문에 나온 제프리 양의 사진은 어떻게 설명해야 할지 모르겠다고도 덧붙였다.

"주님이 우리에게 도움을 주시는 건 아닐지 생각해요."

Q 선생이 구글 번역기로 이렇게 말했다. 예희가 Q 선생에게 말했다.

"당신에게 다니엘서 3장을 펴라고 했던 목소리를 설명해주세요."

"The voice of the narrator was really young, just like your age.(내레이터의 목소리는 정말 어렸어. 너네 나이 같았지.)"

"이 새끼 뭐라는 거야?"

아직도 화가 풀리지 않은 광지가 물었다.

"목소리가 어리대."

예희가 광지에게 대답하고 나서 물었다.

"우리처럼, 여자예요? 우먼, 라이크 어스?"

"I'm not sure. The voice seemed to be a mixture of women and men. I'm not sure, but I feel like a young boy. Do you have any young boys among your friends?(모르겠어. 목소리는 여성과 남성이 섞인 것 같았어. 하지만 어린 소년처럼 느껴졌어. 네 친구 중에 어린 소년이 있니?)"

"We don't have any little boy friends.(우리에겐 그런 친구가 없어요.)"

예희가 Q 선생에게 번역기로 번역한 내용을 더듬더듬 읽었다.

"뭐래?"

오로라가 광지에게 물었다. 오로라는 광지가 영어를 못하는 걸 알면서도 예희에게 묻기는 싫었다.

"목소리가 중성적이었대. 우리에게 또래 남자 친구가 있냐고 물었어."

예희가 대신 대답했다. 예희는 당신이 오늘 더 이상 수업을 할 상태가 아니라고 Q 선생에게 말했다. 예희와 선생이 계속 대화하자 오로라가 광지에게 귓속말했다.

"왜 그렇게 화가 난 거야?"

"모르겠어. 그냥 화가 나."

"제프리 양 선생님의 얼굴이 나왔을 뿐이지 딱히 밝혀진 게 없는데 왜 그래?"

"그러니까 말이야. 근데 화가 나."

오로라가 광지에게 팔짱을 끼며 물었다. 광지가 움찔하더니 몸을 내맡겼다. 오로라가 물었다.

"제프리 양 선생님께 연락할까? 도와달라고."

"대체 뭘 도와달라고 하게?"

"그분께서 우리 꿈에 나왔다고 말이야."

"도대체 선생님이 왜 꿈에 나타난 걸까. 무슨 이유로. 무슨 말을 하고 싶으신 걸까?"

광지의 얼굴이 붉으락푸르락하더니 한쪽 눈에서 눈물이 흘렀다. 오로라는 무엇이 그토록 광지를 괴롭히는 건지 궁금했다. 도대체 어떤 기억이, 잠재의식과 무의식이 광지를 이토록 화나게 하는지. 분명 자신과 광지는 비슷한 비밀을 무의식 속에 공유할 텐데. 어쩌면 오로라는 자신의 상태가 광지보다 더욱 심각해서 고통을 넘어 무감각에 이른 건 아닐까 하는 생각도 들었다.

예희는 Q 선생과 대화를 끝냈다. Q 선생이 아이들에게 인사를 하고 교실 바깥으로 나갔다. 예희가 아이들에게 선생님은 병원에 갈 거라고 말했다. 세 아이는 소혜의 신당으로 향했다. 예희는 집에 가기 전 슈퍼에 들러 몽쉘, 화이트 하임과 쿠크다스 등 과자를 엄청나게 샀다. 오로라, 광지와 함께 과자 파티를 하며 한숨 쉬어 갈 생각이었다. 예희도 지쳐갔다. 그냥 하루 정도는 쉬어도 되지 않을까 싶었다. 특히 Q 선생이 의미심장한 이야기를 한 날이니, 더욱.

소혜와 예희는 두 아이에게서 형언할 수 없는 아픔을 느꼈다. 꼭 저주 걸린 집이나 자살자의 마지막 터에 가면 저절로 느껴지는 지기처럼 말이다. 사실 두 사람에게 짐작 가는 아픔의 구체적 원인이 있었다. 아마 아이들도 알고 있을 것이다. 그러나 상처의 이유를 입 밖으로 내뱉고, 그걸 사실로 인정하는 것은 다른 일이었다. 그렇게 하는 게 힘들어서 정신과와 무당집의 영업이 계속되는 것일지도 몰랐다. 그저 알고 있는 단순한 인식 상태와 맞는다고 고개를 끄덕이는 인정 상태는 완전히 다른 문제였다.

오로라와 광지는 거실에서 밤새 과자 파티를 했다. 그러다 까무룩 잠들었고 예희는 그러지 못했다. 예희는 Q 선생이 꿈에서 본 세 명의 친구가 의미하는 바를 희미하게나마 알고 있었기 때문이다. 그러나 더 이상 나아가기가 힘들었다. 이미 오로라와 광지의 정신과 육체는 한계에 다다른 게 뻔했다. 친구들을 더 이상 힘들게 할 수는 없었다.

밤새 과자를 먹은 탓에 광지의 입이 짰다. 광지는 자다 일어나 물을 한 모금 마셨다. 베란다로 가니 평소보다 더욱 크고 노랗고, 아니, 거의 주황색에 가까운 달이 떴다. 광지는 베란다 난간에 기대 달을 향해 고개를 들었다. 저 멀리 있는 달에도 사람이 간다는데 나는 앞으로 산티아고, 드레스덴, 에든버러, 잘츠부르크, 베를린도. 런던에도 못 가겠지.

거실에서 부스럭거리는 소리가 났다. 오로라가 헝클어진 머리를 한 채 베란다로 왔다. 오로라 역시 달 쪽으로 고개를 들었다. 달은 오로라가 광지를 처음 만났던 날 보았던 환상의 무지갯빛 풍선껌만큼이나 동그랬다. 컴퍼스의 뾰족한 부분을 종이에 꽉 누르고 아무리 정교하게 돌린다고 하더라도 이만치 완벽한 동그라미는 나오지 않을 텐데. 광지. 그 풍선껌, 내 이름인 오로라만큼이나 황홀한 색의 반투명한 풍선껌 속에 네가 있었어. 오로라는 광지에게 풍선껌에 관한 환상을 들려줄까 하다가, 미친 인간 취급 당할까 봐 그만두었다. 대신 이렇게 말했다.

"오늘 슈퍼문이 뜨는 날이래."

"우린 달에 가지 못하겠지?"

광지가 물었다. 오로라가 고개를 끄덕이며 덧붙였다

"달에 가지는 못하더라도 모든 사람이 다 같이 슈퍼문을 보고 있잖아. 우리뿐 아니라 다른 나라에 있는 사람들도 봤겠지?"

"그렇겠지."

"달이 이토록 크니까."

"아니면 저 커다란 달 속에 누군가가 함께 살고 있을 수도 있어."

오로라가 광지를 쳐다봤다. 둘은 어떤 깨달음에 이르렀고 같은 생각을 하는 것 같았다. 오로라가 말했다.

"우리는 같은 꿈을 꾸었고 같은 꿈을 꾼 누군가가."

"다른 누군가가 있다는 이야기지."

광지가 오로라의 말을 이어받았다. 광지가 계속했다.

"Q 선생이 말한 성경에 나오는 친구들 말이야. 그 셋 중 하나는 예희가 아니라."

광지가 말을 잇지 못했다. 오로라는 말을 잇지 못하는 광지를 끌어안았다. 광지가 문장을 마치지 않길 원하는 것처럼, 광지를 원천 봉쇄하려는 것처럼. 광지가 오로라의 품에서 터뜨리듯이 말했다.

"나머지 한 명이 바로 내레이터야."

오로라와 광지가 내레이터를 찾고 싶은 데엔 두 가지 이유가 있었다. 첫째. 내레이터를 찾으면 왠지 꿈속 산맥의 동굴로 들어갈 수 있을 것 같았다. 아무래도 둘보다는 셋이 든든하니까. 동굴로 들어가면 산맥의 얼굴이 제프리 양 선생님인 이유를 아주 구체적으로, (느낌이 아닌) 낱낱이, 생생하게 기억해 낼 수 있을 테니까.

원인을 밝혀내면 광지의 이유 없는 분노와 오로라의 이유 없는 서글픔을 해결할 수 있으리라. 두 번째. 현재 오로라와 광지가 제정신이 아닌 것처럼 제삼자인 내레이터 역시 이유 모를 고통에 몸부림치고 있지 않을까. 고통은 함께, 셋이 나누어야 덜해지지 않을까. 그게 두 아이의 생각이었다. 언제나 둘보다는 셋이 나으니까. 셋이라는 안정적인 숫자.

둘은 아침이 밝자마자 소혜에게 용돈을 받아 피시방에 갔다. 피시방 역시 제프리 양 선생님의 복지 회관 지하에 있었다. 정말이지, 그곳에는 모든 게 있었다. P읍은 제프리 양 선생님이라는 셀러브리티 없이는 유지되지 않는 곳이었다. 광지는 제프리 양의 복지 회관 건물 앞에 걸려 있는 그의 얼굴이 나온 현수막을 노려보았다. 선생님은 더 이상 나를 신경 쓰지 않아. 아프냐고 묻지 않아.

내 미래에 관해 묻지 않아. 내가 무엇이 되고 싶은지도 묻지 않아.

다시 섬으로 돌아가고 싶냐고 묻지 않아.

오로라는 이미 피시방이 있는 지하로 내려가고 있었다. 단지 피시방에 왔을 뿐인데 광지의 심장이 빠르게 뛰었다. 그래, 단지 피시방일 뿐인데. 오로라가 미리 두 자리를 잡고 앉았다. 둘은 자리에 앉아 멍하니 모니터를 보았다. 그동안 광지는 라면 두 개와 떡꼬치, 피카츄를 시켰다. 음식이 나오자 오로라가 실없이 웃으며 말했다.

"맛있겠다."

광지는 대답 없이 라면을 후루룩 삼켰다. 둘은 라면 두 개와 떡꼬치, 피카츄를 순식간에 해치웠다. 스팸계란마요와 떡볶이, 비비고 김치만두, 웰치스 두 개를 더 시켜 먹고 나자 한 시간이 다 되었다. 오로라가 한 시간을 더 충전하고 왔지만 내레이터를 어떻게 찾을지 방법이 생각나지 않았다. 시간은 계속해서 흘렀기에 오로라는 피시방 사용 시간을 한 시간 더 충전해야 했다. 광지가 코카콜라를 마시며 골똘히 모니터를 보다 말했다.

"내레이터는 꿈 내용을 이미 알고 있잖아."

"응."

"그 꿈을 꾼 사람이라면."

광지가 오로라에게 자기 옆으로 오라는 손짓을 했다. 오로라가 모니터 가까이 갔다. 광지는 구글을 켜고 검색창에 타이핑했다.

나는 비로소 문 앞에 도착해 손잡이를 당겼다. 문 바깥으로 강의 전경이 펼쳐졌다. 강의 표면이 활기차게 움직였다.

오로라가 손가락으로 광지가 쓴 글을 가리키며 물었다.
"우리 꿈 이야기 도입부잖아."
광지가 결연하게 그렇다고 하고 나서 검색하기 버튼을 눌렀다. 화면이 한 번 깜빡였다. 깜빡임이 두어 번 반복된 뒤 멈추었고…… 비로소 구글 검색 결과가 떴다. 그중 첫 번째 줄에 뜬 건 티스토리 블로그였다. 놀랍게도 블로그 글의 일부가 오로라와 광지가 검색한 문장과 일치해 굵은 표시로 나타났다. 광지가 빠르게 블로그를 클릭했다. 블로그에는 카테고리가 하나였다. 제목은 「꿈」이었다.

「꿈」을 클릭하니 총 열 번에 걸쳐서 오로라와 광지가 꾸었던 것과 동일한 내용의 꿈 이야기가 게시되어 있었다. 오로라와 광지는 꿈 숙제를 자주 복기한 탓에 자신들이 쓴 글에 나타난 공통된 특이 지점을 기억했다. 이를테면, '아아- 나의 몸이 점점 무-거-워-졌-다.'라는 부분에 나타난 하이픈이라든가. 블로그 작성자 역시 그 부분을 오로라와 광지와 똑같이 서술했다.

아아- 나의 몸이 점점 무-거-워-졌-다.

각 게시 글마다 글쓴이의 소감이 쓰였다.

첫 번째 게시물.

왜 자꾸 같은 꿈을 꾸는 걸까.

세 번째 게시물.

거기 갔다 온 이후로 몸이 간지럽다. 매일 머리를 감아도 간지럽다. 어깨도 등도 허벅지도 발바닥도 간지럽다. 요즘 유튜브도 못 들어가고 있다. 보고 싶지 않은 게 많이 뜬다. 잠은 절대 안 잘 거다.

여섯 번째 게시물.

잠을 안 자고 있다. 안 잔 지 오래되었다. 눈앞에 비눗방울이 둥둥 떠다니는 게 보인다. 이건 진짜일까? 비눗방울 안에는 아주 작은 사람들이 있다. 나는 그들의 얼굴을 알 것만 같다. 안다는 착각이 든다.

오로라는 이 아이가 언급한 비눗방울에서 광지와 함께 보았던 커다란 달, 광지를 가둔 혹은 광지 스스로 들어간 풍선껌의 환영을 떠올렸다. 분명 이 아이의 내밀한 기록은 마음 아픈 서사로 빼곡했지만 동시에 안도감이 들었다. 같은 환상을 공유한 사람이 있다는 놀라움, 비슷한 경험을 겪은 사람을 찾았다는 다소, 비겁한 즐거움. 하지만 오로라는 텍스트를 읽으며 환기된 이 복잡한 감정의 결과를 광지와 나눌 수 없었다. 특히 '안도'와 '즐거움'은 우리에게 너무 잔인한 기분이었으니까.

아홉 번째 게시물.

나는 어떤 사람들을 그리워하고 있다. 내가 아주 오래전부터 알던 사람들이다. 그러나 나는 아직 그들을 만나지 않았다. 앞으로도 만나지 않을지도 모른다. 하지만 나는 그들을 그리워한다. 우리는 만나지 못할 가능성이 크다.

마지막 게시물.

결국 낫지 못할 것이다.
나는 그들을 그리워한다.
그들을 만나지 못할 가능성이 크다.
나는, 그들을
그들을.

광지가 블로그를 닫았다.

둘은 건물에서 나와 소혜의 신당으로 돌아갔다. 오로라는 광지를 집 안으로 들여보내고 혼자 앞뜰에 앉았다. 이유 없이 앉아 있고 싶었다. 생각이 너무 많아서 몸이 무거워 앉을 수밖에 없었다. 한참 동안 햇빛 아래 앉아 있으니 이마가 뜨거워졌다. 이마에서 김이 나는 것 같았다.

오로라는 휴대전화를 켜 다시 꿈의 일부를 검색했다. 역시나 같은 검색 결과가 떴다. 오로라가 블로그를 클릭했다.

PC 화면 블로그에서는 나타나지 않았던 프로필사진이 모바일 버전에서는 떴다. 오로라는 프로필사진을 캡처한 다음 사진첩에서 확대해 보았다. 한 남자아이가 소파에 앉아 있는 상태로 셀피를 찍었다. 아이가 사진으로 드러내려고 했던 것은 팔 부분이었다. 병원에서 어떤 검사를 하려고 했던 건지, 아이의 팔이 접히는 부분에 무언가가 꽂혀 있고 흰색 테이프가 붙어 있었다. 팔에 길고 가느다란 튜브가 연결되었다. 아마 링거가 아닐까 싶었다.

오로라는 화면을 최대치로 확대해서 이 아이가 어느 병원에 입원했는지 알고자 했다. 하지만 뭉그러진 픽셀 속에서는 단서를 찾기 어려웠다. 상의가 땀에 완전히 젖어 축축해졌을 때 오로라는 휴대전화를 던지고 아예 누웠다. 담배 한 개비를 꺼내 불을 붙였다. 햇빛이 너무 뜨거워서 눈을 뜨기 어려웠다. 눈을 감자 주황빛 시야가 앞을 가득 메웠다. Q 선생이 말한 대로 풀무 불이라는 곳, 불이 들끓는 곳에 있다면 이런 시야일 테지. 입에 문 담배가 타들어 가며 잿가루가 얼굴로 떨어지는 감각이 느껴졌다.

불 속에서 살아남은 세 명의 친구. 사드락, 메삭, 아벳느고.

사드락과 메삭이 절실하게 아벳느고를 찾고 있었다.

광지가 웅얼대며 다가와 곁에 눕는 기척이 났다. 술 냄새가 났다. 오로라가 눈을 감은 채로 말했다.

"아픈 애인가 봐."

"그 아이도 우리처럼 섬 출신일까."

"그걸 내가 어떻게 알아."

광지가 옆으로 누워 오로라의 얼굴에 떨어진 재를 떨었다. 광지가 오로라의 휴대전화를 켰다. 오로라가 광지에게 그 아이의 블로그를 모바일 버전으로 보면 프로필사진이 뜬다고 알려줬다. 술에 많이 취했는지 휴대전화를 만지는 광지의 손가락이 자꾸 미끄러졌다. 겨우 휴대전화 화면을 터치하자 오로라가 보고 있던 프로필사진이 떴다. 광지는 고개를 갸우뚱하며 휴대전화를 가까이 보았다가 멀리 보았다가를 반복했다. 어. 이거. 광지가 혼잣말했다. 광지가 누워 있는 오로라의 어깨를 끌어올리며 말했다.

"이거 봐."

오로라가 화면을 보았다. 특이점을 찾을 수 없었다. 광지가 신경질적으로 말했다.

"김 오로라. 멍청아. 소파가 초록색이잖아."

"그래서?"

광지가 말했다.

"닥터 P네 의원 대기 소파가 이렇게 예쁜 초록색이라고."

오로라가 갑자기 일어났다. 광지는 그대로 앉은 채 오로라의 팔꿈치에 묻은 흙에 집중했다. 반팔 티셔츠 등짝에 지저분하게 묻은 잔디, 습기 찬 청바지. 오로라의 오른손 검지 중지 사이에 들린 담배가 빠르게 짧아졌다. 손에 힘이 풀리며 담배가 바닥에 떨어졌다. 오로라가 힘없이 말했다. 담뱃불이 수그러들었다.

"그 아이도 결국 이 동네 출신이구나."

오로라는 광지가 대답하기도 전에 갑자기 일어나 주택 바깥으로 뛰쳐나갔다. 광지 역시 오로라를 따라 달렸다. 광지는 슬리퍼를 신은 탓에 속도가 나지 않았지만, 발등이 까져 쓰라렸지만 그래도 달렸다. 오로라가 정신없이 달려서 도착한 곳은 닥터 P의 의원이었다. 광지가 의원에 도착하니 오로라와 닥터 P가 실랑이 중이었다. 닥터 P는 환자 개인정보에 관해 이러쿵저러쿵 떠드는 건 의사 윤리에 위배된다고 했다. 닥터 P가

진료실로 들어가자 오로라가 뒤따르며 소리쳤다.

"그 아이도 우리랑 같은 일을 겪었을 거라고요."

대기 중인 환자들의 시선이 일제히 오로라에게 향했다. 광지가 진료실 안으로 오로라의 등을 밀었다. 광지가 진료실 문을 닫자 오로라가 더욱 크게 말했다.

"그 아이도 우리만큼이나 슬플 거예요."

닥터 P가 길게 한숨을 쉬었다. 그는 한동안 책상에 앉아 키보드를 만지작거리다가, 노트 패드에 거칠게 글씨를 휘갈겨 써서 아이들에게 넘겼다. 오로라와 광지는 감사 인사도 잊고 쪽지에 적힌 주소로 향하는 카카오 택시를 불렀다.

광지가 주머니를 뒤져 꼬깃꼬깃 접힌 지폐 다발을 꺼냈다. 소혜가 준 용돈이었고 택시비로 쓸 생각이었다. 소혜는 신점 복채를 나무로 된 함에 받았다. 함 윗부분에 길게 구멍에 뚫려 손님은 거기에 현금을 넣으면 되었다. 소혜는 오로라와 광지가 밖에 나간다고 할 때마다 복채 함을 열어 용돈을 주었다. 소혜가 준 용돈을 합하니 이십만 원은 되는 것 같았다. 이 돈이면 서울까지 가는 데 모자라진 않겠지.

P읍처럼 후미진 곳에서는 택시가 잘 잡히지 않았다. 택시가 잡히고 나서야 두 아이는 닥터 P에게 목례했다. 닥터 P는 아이들에게 간식을 사 먹으라고 현금을 주었다. 곧 택시가 도착한다는 알람이 오로라의 휴대전화에서 울렸다.

닥터 P가 준 주소는 3호선 고속터미널역에 위치한 큰 병원이었다. 광지는 일전에 아빠라는 작자와 함께 코엑스에 갔던 이후 서울이 처음이었다. 오로라도 오디션 경연 프로그램 때문에 방송국에 들른 것을 제외하고 개인적인 사유로 서울에 온 건 처음이었다. 두 아이는 서울 풍경에 눈이 빙글빙글 돌 정도였다. 수없이 밀려드는 사람들과 자동차 무리, 움직이는 광고판, 족히 육 미터는 되어 보이는 가로등, 빵빵대는 경적 소리. 택시가 고속터미널역 근처에 도착했을 때에는 교통체증이 너무 심해서 거의 움직이지 못했다. 오로라는 택시 미터기가 점점 올라가는 걸 보며 불편해졌다. 중간에 내려서 걸어가는 게 낫겠다 싶었다. 서울 사람들은 이렇게 많은 돈을 감당하면서 사는 건가. 서울 사람들은 어떤 삶을 사는 거지.

택시에서 내린 둘은 거의 탈진 상태였다. 이토록 많은 사람들의 에너지는 아이들을 힘들게 했다. 아이들은 힘겨워하며 병원 내부로 들어갔다. 오로라와 광지는 병원에 들어가면 더욱 기력에 쇠한다는 사실을 모르고 있었다. 이런 대형 병원은 난생처음 와보니.

두 아이가 일 층에서 바로 마주한 건 끝없이 기다리는 사람들 무리였다. 사람들은 전광판 앞에 놓인 수백 개의 의자에 앉아 자기 차례를 기다렸다. 일 층부터 여러 층에 걸쳐 육체의 아픈 기관을 담당하는 부서가 있었다. 두 아이가 병원 안내도 앞에 서서 일 층부터 읽어 나갔다. 일 층 내과, 이 층 외과, 삼 층 산부인과, 사 층…… 오 층…… 옥상. 글자를 볼수록 오로라의 뱃속이 뱅글뱅글 돌았다. 역한 기운이 식도까지 차올랐다. 광지가 말했다.

"여기 있을 텐데. 여기 어딘가에."

이토록 높고 넓은 병원에서 아벳느고를 찾는 건 거의 불가능해 보였다. 지친 두 아이는 매점에서 라면과 두유를 한바탕 해치웠다. 매점도 너무 붐비기에 바깥으로 나가 쉴 수 있는 공간을 찾았다. 햇빛을 가리는 정자와 나무 의자가 있는 곳이었다. 미칠 듯한 더위 탓에 그곳에는 사람이 없었다. 가끔 몰래 담배를 태우려는 사람들 몇몇이 올 뿐.

오로라와 광지는 나무 의자에 나란히 앉았다. 오로라가 담뱃불을 붙였다. 광지는 휴대전화를 켰다. 광지는 블로그를 계속해서 새로고침했다. 새 글은 올라오지 않았다. 글쓴이가 블로그에 접속을 하긴 하는 걸까. 오로라가 바닥에 신발 바닥으로 비벼서 끈 담배꽁초가 세 개가 되었을 때 광지는 결심했다. 그는 용기를 내서 가장 최근 게시물(약 넉 달 전의 게시물이었다)에 댓글을 달았다.

우리는 같은 꿈을 꾸었다. 병원 일 층. 정자에서 기다릴게.

오로라는 다시 담배를 피웠다. 오로라가 담배를 빨아들이며 광지에게 말했다. 오늘은 병원이 문 닫을 때까지 여기서 기다리고, 내일, 내일모레, 글피에도 병원에 계속해서 매일 오자고. 우린 아벳느고를 찾아야 하니까.

"우리 둘만 있으면 산맥의 동굴 안으로 들어갈 수가 없어. 둘이라는 숫자는 뭔가 불안하잖아."

오로라가 말했다.

"그래. 셋이 낫지."

광지가 턱을 괴고 대답했다.

"셋이 왜 나아?"

오로라가 광지에게 물었다.

"아. 아. 몰라. 그건 모르겠어. 아무튼 셋이 나아."

"아벳느고를 만나면 분명 답이 나올 거야."

오로라가 말했다.

둘은 그날 여섯 시가 넘어서야 집에 갈 수 있었다.

다음 날 역시 두 아이는 정자에서 기다렸다. 정자라는 상징적인 건물은 때론 혼자만의 시간을 의미하기에, 아벳느고가 두 아이처럼 상처 입었다면 반드시 정자로 올 거라는 믿음이 있었기 때문이다. 광지는 블로그의 모든 게시물에 똑같은 댓글을 달았다. 우리는 같은 꿈을 꾸었다고. 병원 일 층 정자에서 당신을 기다리고 있다고.

　두 아이는 매일 고속터미널의 병원에 들렀다. 어느 날 택시비가 모자랐다. 사실 오로라와 광지는 내심 택시비가 모자라길 바랐다. 병원 환자와 보호자 들이 내뿜는 걱정, 심란함, 슬픔의 냄새가 때로 아이들을 숨 막히게 했기 때문이다. 빈 봉투를 확인한 광지가 오로라에게 물었다. 오늘만 쉴까? 오로라가 고개를 끄덕였다. 그때 예희가 오로라와 광지에게 다가와 신용카드를 건넸다.

　"돈 모자라면 엄마가 이거 쓰래."

　광지가 신용카드를 건네받았다. 그는 한동안 신용카드를 내려본 뒤 한숨을 쉬었다. 광지가 오로라에게 말했다.

　"병원 가자."

　병원에 간 지 딱 일주일이 되는 날, 소득 없이 집으로 향하던 길에 택시 안에서 광지가 조용히, 거의 속삭이며 말했다.

　"오로라. 혹시 아벳느고가 죽은 거 아닐까?"

　오로라가 급박하게 뛰는 심장 주변을 손바닥으로 누르며 대답했다.

　"아마, 그럴지도?"

　택시가 소혜익 주택에 도착하니 저녁 여덟 시였다. 아이들은 어둠에 싸인 주택을 향해 넋이 나간 상태로 걸어갔다.

　오로라와 광지는 알았다. 두 사람이 아벳느고가 죽었다는 걸 기정사실로 생각하고 있음을. 참 이상하게도 입술로 말을 내뱉는 힘이란 신기한 것이어서, 어떤 생각을 말하는 순간 그것이 기정사실이 된다. 아마 오로라와 광지는 꿈속 산맥 안으로 들어가지 않고서도, 자신들이 행아복의 섬에서 무슨 일을 당했는지 무의식적으로 알고 있을지도 모른다.

다만.

기억을 입 밖으로 내는 순간 '그' 기억이 사실로 변환될 것이다. 사실로 변환된 '그' 기억을 마주한 오로라와 광지는 누구에게 책임을 물어야 할지 모를 것이 분명했다. 책임을 묻는 행위란 이토록 어린 아이들에겐 힘들고 지난한 일이니까. 게다가 오로라와 광지한테 과연 가해자에게 책임을 지울 용기가 있을까? 글쎄. 오히려 오로라는 지금보다 더 많은 담배를 태울 것이고 광지는 지금보다 더 많은 소주를 마실 것이다. 두 아이가 애가 타도록 제삼자인 아벳느고를 찾는 이유는 둘이라는 숫자가 '그' 기억을 감당하기에는 연약한 숫자기 때문이리라. 둘에서 한 명을 더해 세 명이 된다면 아이들에게 용기가 생길지도 몰랐다. 둘이서 손을 맞잡는 것보다 셋이 맞잡는 손이 더욱 강할 테니.

그것이 오로라와 광지가 일주일간 소득이 없었음에도 불구하고 계속해서 병원으로 향한 이유였다. 하루 수천 명이 드나드는 병원에서 아벳느고를 만날 확률은 희미했음에도, 아벳느고가 죽었을지도 모름에도.

오로라와 광지가 이 주째 병원 정자에서 시간을 보내던 날, 한 남자아이가 다가왔다. 그 아이는 수액걸이를 밀고 오로라와 광지가 앉아 있는 의자 옆에 힘없이 섰다. 아이는 수액걸이를 잡고 서서 멍하니 허공을 응시했다. 오로라가 아이에게 라이터를 건넸다. 아이는 고개를 저었다.

"그러려고 온 거 아니야."

오로라는 그 아이의 눈빛에 서린 일종의 우울함이, 어떤 가차 없음이 자신과 닮았다고 생각했다. 어쩌면 이 아이가, 동공이 유달리 새카맣고 체구가 아주 작은 이 남자아이가 아벳느고일지도 몰랐다. 아냐. 분명히 아벳느고였다. 아이는 눈을 찌푸리고 허공을 향해 고개를 이리저리 돌렸다. 마치 무언가 보이는 것처럼.

오로라는 용기를 내서 Q 선생님이 과제로 내주었던 꿈 이야기를 말하기 시작했다. 오로라가 잠깐 멈추자 광지가 오로라의 말을 받아 꿈의 내용을 줄줄 읊었다. 아이는 광지의 말을 내용을 들으며 위태롭게 수액걸이를 잡고 서 있었다. 금방이라도 쓰러질 듯 아슬아슬하게. 광지가 아이에게 다가가 자신 없는 말투로 질문을 던졌다. 아이가 조금 물러났다.

블로그를 보고 온 거야?

이름이 뭐야?

너도 행아복의 섬에서 공부했어?

너도 제프리 양 선생님이 섬으로 가라고 했어?

너도 정보처리기사 자격증 공부했어?

아니면 너도 오로라처럼 아이돌 준비생이야?

광지의 물음을 듣고 있는 아이의 관자놀이에 땀이 맺혔다. 아이는 한참 동안 안절부절못하며 애꿎은 링거 대의 손잡이를 손톱으로 벅벅 긁었다. 오로라와 광지는 아이의 대답을 기다릴 용의가 있었다. 아이가 죽기 전까지 대답하지 않는다고 할지라도 기다릴 의사가 있었다. 아이가 처음으로 내뱉은 말은 이것이었다.

"무슨 블로그 말하는 거야?"

그 목소리였다. 꿈속 내레이터의 목소리. 광지가 휴대전화 화면에 블로그를 띄워 보여줬다. 광지가 말했다.

"내 댓글을 보고 온 게 아니었어?"

"안 한 지 꽤 됐어. 오늘은 수술이 끝나서 돌아다니다가 그냥."

"너도 행아복의 섬 출신이지?"

오로라가 조심스럽게 물었다. 아이가 마지못해 고개를 끄덕였다. 아이는 자기 이름이 노아라고 했다. 광지가 노아에게 두서없이 말했다. 구글에 우리가 꾸었던 꿈 내용을 검색하니 네 블로그가 떴고…… 우리는 기억하지 못하지만 아프다……

아픈 이유는 꿈속에서 찾을 수 있을 것이다…… 네 힘을…… 빌려서…… 기억하기 싫겠지만……. 노아가 듣기 싫은 모양인지 오로라와 광지를 향해 손을 휘저었다. 그가 격앙된 목소리로 물었다. 노아의 목이 붉어졌다.

"너넨 뉴스도 안 봤어?"

"무슨 뉴스 말이야?"

오로라와 광지가 동시에 물었다. 노아가 대답했다.

"알아서 찾아봐. 난 정말 기억하고 싶지 않은 일이거든."

노아가 숨을 깊숙하게 들이마시고는 이어서 말했다.

"왜 찾아와서 이래? 뭘 원하는데?"

노아는 울고 있다기보다는 분노한 것 같았다. 주먹을 쥔 손이 살벌하게 떨렸다. 오로라가 노아의 가느다란 두 손목을 잡고 눈을 똑바로 마주쳤다. 그리고 노아에게 집중해서 말했다.

"우리는 널 아프게 하려고 온 게 아니라, 그 섬에서 우리에게 무슨 일이 벌어졌는지, 우리가 왜 쫓겨났는지, 왜 나와야만 했는지 알고 싶어서 왔어."

노아가 말했다.

"알아서 뭐 해? 난 몰라도 돼. 알고 싶지 않아."

"우리는 알아야 해. 그래야 해. 알아야만 다음 단계로 넘어갈 수 있어. 지금 우리는 아프고 또 아프고 또다시 아프고 매일 아프고, 슬픈 것 이외에 아무것도 못 하거든."

오로라의 말을 듣자 노아는 다리가 풀려 주저앉았다. 오로라가 그를 부축해서 살살 의자에 앉혔다. 노아는 얼굴이 하얗게 질려 한참을 앉아 있었다. 오로라와 광지는 그런 노아 옆에 나란히 앉아서 가지런히 손을 모으고, 노아가 응시하는 지점을 함께 바라보았다. 노아가 보고 있는 헛것을 볼 수 있을까 싶어서. 노아는 곧 대답 없이 병원 건물로 들어갔다.

오로라와 광지는 집으로 가는 택시 안에서 뉴스 창에 행아복의 섬이라고 검색했다. 검색 결과 중 제프리 양의 이름이 들어간 기사가 눈에 띄었다. 오로라가 기사를 읽었다.

제프리 양이 운영하는 행아복 소유의 섬에 홀로 버려진 중학생. 경찰은 CCTV 조사 중
입력 2024.04.02.
경상북도 XX군 경찰서는 어제 새벽 4시 "바닷가에 한 아이가 쓰러져 있다"는 행인의 신고를 받고 현장에 출동했다. 경찰은 아이의 옷과 혈흔에서 성폭행 흔적을 발견하고 병원으로 긴급 이송했다. X 병원에 의하면 피해자의 신체 훼손이 심각하며 현재 수술은 마쳤으나 추후 추가 수술이 필요하다고 밝혔다.

광지가 이마를 짚고 아무 말도 하지 않았다. 오로라가 스크롤을 내렸다. 기사 댓글에는 총선을 앞두고 여당이 악재를 덮

으려고 이런 기사를 터뜨렸다고 쓰여 있었다. 물론 가해자를 꼭 잡아야 한다는 댓글도 있었지만 그런 댓글은 오로라의 마음에 와닿지 않았다. 외려 삶과 죽음의 경계에서 겨우 구출된 피해자에게 가하는 요상한 정치적 댓글이 신경 쓰였다.

오로라는 후속기사도 검색했다. 신기하게도 가해자가 특정되지 않았다. 노아의 현재 상태나 병원비에 대한 기사도 없었다. 정치적 댓글은 완전히 틀렸다. 행아복의 섬에서 발견된 처참한 상태의 아이에 관한 기사는 그 어떤 것도 덮지 않았다. 이 기사가 대한민국을 뒤엎었다면 노아가 이토록 외롭게 병원 정자 근처를 배회하며 주위를 둘러볼 필요가 있었을까?

가해자를 엄벌할 수 있다는 희망을 조금이라도 가지며 삶을 살아 나가야 하지 않았을까?

왜 열다섯밖에 안 된 우리들은 어른보다 더 담배를 자주 피우고 술을 더 마시고 헛것까지 봐야 할까?

오로라는 자기도 모르게 어금니를 꽉 깨물고 있었다. 택시가 소혜의 주택에 도착하자 머리가 부서질 것처럼 아팠다.

다음 날 오로라와 광지는 다시 병원으로 향했다. 아홉 시에 병원 정자에 도착하자 이미 노아가 벤치에 자리를 잡고 앉아 있었다. 노아는 하도 말라서 관절 마디마디가 불뚝 튀어나왔다. 오로라와 광지는 노아를 중간에 두고 양옆에 앉았다. 그들은 노아에게 아무것도 묻지 않았고 시간은 그렇게 흘러갔다. 담배를 다 태운 노아는 병실로 올라갔다. 그렇게 기다린 게 닷새 정도 되었을 때, 노아가 먼저 말을 시작했다. 노아는 자기 휴대전화를 꺼내 오로라와 광지에게 어떤 사진을 보여줬다. 사진은 직사각형 튜브 같았고 좌측 하단에 구멍이 뚫려 있었다.

"이게 뭔데?"

광지가 물었다. 휴대전화 사진을 응시하는 노아의 눈 주변이 파랬다.

"내게 필요한 것."

"그게 뭔데?"

오로라도 물었다. 노아가 휴대전화를 주머니에 집어넣었다. 그는 한동안 고민하다가 겨우 입을 뗐다.

"그냥 내게 필요한 거야."

"왜?"

광지가 물었다. 노아가 갑작스럽게 내뱉었다.

"넌 멍청해."

오로라가 노아의 손목을 강하게 잡았다. 오로라가 물었다.

"왜?"

오로라는 자기도 모르게 노아의 손목을 잡은 손에 힘을 주었다. 노아는 손에 피가 몰렸다. 검붉게 타오르는 손처럼 노아의 눈에도 실핏줄이 돋았다. 노아가 말을 하자 목울대가 경련했다.

"말할 수 없어."

오로라는 노아의 손을 놓고 한동안 허공을 보다가 광지를 바라보았다. 광지는 이미 놀라서 일어난 상태였다. 광지가 말했다.

"미안해."

노아가 병원 안으로 튕기듯 돌아갔다. 하도 순식간에 사라졌기에 광지와 오로라는 아직도 그들 사이에 노아가 앉아 있다고 착각할 정도였다. 오로라가 실없이 노아가 앉았던 자리에 손을 휘저어보았다. 마치 노아가 아직도 거기 있는 것처럼.

"노아가, 노아가."

오로라가 아주 작게 중얼댔다.

"무슨 일이 일어나고 있는지 넌 이해가 가?"

오로라가 이어서 물었다.

광지가 고개를 끄덕이며 말했다.

"대충."

"나는 전혀 모르겠어."

오로라가 대답했다. 광지가 손을 잡고 바짝 끌었지만 오로라는 바닥에 흡착된 듯 움직이지 않았다. 금방 누을이 졌고 청록색이 깔리며 밤이 다가왔다. 상현달이 날카롭게 떠올랐다.

달 주위에 감도는 밤 구름은 음산하게 하늘 위를 부유했다. 광지가 물었다.

"우리 꿈에 대해 알고 싶지 않아? 난 알고 싶은데."

"사실 내가 알고 싶은지 모르겠어."

오로라가 대답했다.

두 아이는 소혜의 주택에 도착해서 예희부터 찾았다. 예희는 거실 바닥에 앉아 수정 구슬을 마른걸레로 닦는 중이었다. 소혜의 신당에서 한 여자가 봉투를 가슴속에 아주 소중하게 품고 나오다가 오로라와 광지와 마주쳤다. 여자가 두 아이를 향해 작게 묵례했다. 오로라와 광지는 그 여자가 사뿐한 발걸음으로 나가는 모습을 한참 동안 보았다. 둘의 머릿속에서 이런 소리가 들렸다.

'나도 저 여자처럼 걱정 없이 이리저리 다닐 수 있을까? 언젠가는.'

두 아이는 동시에 서로 쪽으로 고개를 돌렸다. 어. 너도 그 생각했어? 아. 진짜? 뭐야? 우리의 뇌는 연결되어 있을지도 몰라. 적어도 우리는 같은 꿈을 꾸었으니까 말이야. 그건 말이지. 아, 제발. 아, 제발.

기억하고 싶지 않아.

그때 오로라와 광지의 머릿속, 정확히는 이마 안쪽에서 노아의 목소리가 들렸다. 제발. 제발. 제발. 제발. 기억하고 싶지 않아. 예희가 구슬을 거실 장 안에 집어넣었다. 소혜가 나와서 오로라와 광지에게 급박한 빙의 굿이 잡혀서 내일부터 사흘간 부산에 가야 한다고 말했다. 예희는 엄마의 굿 준비를 위해 함께 부산으로 가야 했고, 두 아이가 집을 지켜야 했다. 소혜가 복채를 받는 함을 거실로 가지고 나와 오로라와 광지에게 식비로 쓰라고 했다. 소혜는 세 아이만 두고 굿에 쓸 음식 문제로 동네 떡집에 가야 한다며 나갈 채비를 했다. 거실에 세 아이만 덩그러니 남았고 이상한 적요가 흘렀다. 예희가 먼저 운을 뗐다.

"그래서?"

광지가 물었다.

"그래서라니?"

예희가 양손을 비비며 괜히 주변을 두리번댔다. 그러다 갑자기 박수를 세 번 치더니 자기 방에서 부스럭거리는 종이 빵 봉지를 가져왔다. 오로라가 빵 봉지에 손대려고 하자 예희가 조금 뒤로 물러서서 눈을 가늘게 뜨고 물었다.

"너네 악몽 속으로 들어가야 하지?"

오로라가 예희를 물끄러미 올려다보며 눈빛으로 물었다. 무슨 소리냐고.

"너네 아벳느고의 악몽 속으로 들어가야 하지?"

예희가 다시 말했다.

"응. 아벳느고의 꿈속으로 들어가야 해."

광지가 오로라 대신 대답했다.

현관문이 열리는 소리와 함께 소혜와 동료들이 떠드는 소음이 들렸다. 그들은 문을 열고 현관과 부엌에 잔뜩 짐을 놓기 시작했다. 소혜가 부엌에서 볼일을 보고 멈춰 서서 아이들을 날카롭게 눈여겨보았다.

"무슨 일이지?"

소혜가 물었다. 예희는 오로라에게 빵 봉지를 넘기고 소혜에게 달려갔다. 소혜와 예희는 집 잘 지키라는 말을 남기고 바삐 나갔다. 오로라가 광지에게 텔레파시로 물었다.

굿을 하려면 정말 힘든 준비를 거쳐야 한다고 들었어.

어떤 준비가 필요한데?

음식도 필요하고 화랑이, 그러니까 악사들도 와야 한대. 소혜 아줌마뿐 아니라 동료 무당들도 와야 하고, 아마 음식도 이미 일주일 전부터 다 준비했을 거야. 떡집에서 아줌마들이 올 거야. 숙소도 잡아야 한대. 진짜 바쁘대.

제발, 제발.

기억하고 싶지 않아.

광지가 예희가 준 빵 봉지를 열어보았다. 그 안에는 블루베리 스콘 세 개가 가지런히 들어 있었다. 스콘은 이등변삼각형 모양이었고 하나씩 유산지에 싸였다. 광지가 스콘 한 개를 꺼내서 세상에서 가장 진귀한 수정 구슬을 보는 것처럼 이리저리 돌려 가며 관찰했다. 별다른 것은 없었지만 형언할 수 없는 기운이 스콘 속에 섞여 있었다. 분명했다. 빵 봉지 바닥에는 예희가 노트를 찢어서 쓴 편지가 있었다. 편지에는 이렇게 쓰였다.

'노아와 함께 나눠 먹어.'

같이 먹으라고?

그런 건가 봐.

어떤 연유인지는 모르겠지만, 오로라와 광지는 어느새 둘이자 하나인 상태가 되어 생각을 공유했다. 두 아이를 부르는 대명사는 각각 오로라-그 아이, 광지-그 아이가 아니라 그 여자아이들이라는 복수이자 단수인 개체가 되어야 했다. 오로라-광지는 잠깐 정체성의 혼란을 겪었지만 동시에 금방 적응했고, 두 사람은 마음먹으면 하나가 될 수 있으며, 똑같이 마음먹으면 각자가 될 수 있음을 깨달았다.

두 사람의 영혼과 생각이 연결되어 있음을 깨우친 오로라-광지는 잠이 들기 전 제프리 양의 섬에서 처참하게 발견된 아이에 관한 기사를 다시 검색했다. 기사를 최신순으로 정렬했지만 새로운 뉴스는 없었다. 심지어 용의자주차 특정되지 않았다. 추후 수사에 관한 내용도, 전혀. 꼭 이 버려진 아이에게, 노아에게 일어난 사건 자체가 없었던 것처럼, 최초 보도를 제외하면 관련된 기사는 단 한 건도 없었다. 오로라와 광지는 서로를 껴안고 기도했다.

제프리 양 선생님. 알려주세요.
선생님은 우리 꿈속에 있는 산맥에 얼굴로 등장했어요.
우리에게 무슨 메시지를 전하려고 하는 건가요?

두 아이는 곧 깊은 잠에 빠져들었다.

오로라와 광지는 다음 날 아침 병원 정자로 향했다. 노아는 더 이상 링거 대를 끌고 다니지 않았다. 그 아이는 뭐랄까, 하루 새에 변한 느낌이었는데 오로라와 광지는 정확히 어느 부분이라고 꼬집어 말할 수 없었다. 노아는 전날보다 훨씬 진정되어 보였다. 오로라와 광지를 자기 병실로 초대하기까지 했다. 노아는 무려 일인실을 사용하고 있었다. 또 매일같이 제프리 양 측에서 보낸 꽃다발이나 간식, 책과 아이패드를 받았다. 제프리 양은 그런 호화스러운 선물뿐 아니라 직접 쓴 손 편지도 보냈다. 노아가 자랑스럽게 편지를 광지에게 건넸다. 읽어보라고 했다. 광지가 편지를 천천히 읽었다. 제프리 양 선생님은 노아가 나으면 데려가고 싶은 곳이 많다고 했다. 산티아고, 드레스덴, 에든버러, 잘츠부르크, 베를린. 런던으로 데리고 가고 싶다고. 광지는 산티아고, 드레스덴, 에든버러, 잘츠부르크, 베를린. 런던으로라는 구절을 읽자마자 피가 차가워졌다.

광지가 노아에게 편지를 건넸다. 노아는 편지를 정성스럽게 접어서 소중하게 환자복 앞주머니에 넣었다. 광지는 노아의 행동거지에서 묘한 위화감을 느꼈다. 정말 어제와 많이 달라진 느낌이었다. 뭐가 변했는데, 그게 뭘까. 노아를 응시하던 광지가 눈썹을 움찔했다.

노아는 진정이 된 게 아니라 포기한 것이었다. 더 이상 살아갈 이유를 잃어버린 것이다. 광지가 이유를 알 방도는 없었지만 말이다. 노아의 심정을 파악하고 나자 광지는 그 자리에서 일어나 병실 바깥으로 허겁지겁 나갔다. 오로라는 뒤따라오지 않았다. 광지는 병원 복도에 우두커니 서서 오로라와 노아가 하는 대화를 어렴풋하게 들었다.

"……기사를 찾아봤는데 뭐가 안 나오더라. 경찰에서 연락은 없어?"

"……누가 나한테 그랬는지 몰라. 아직도. 전혀…… 것조차 없는……."

광지는 복도 벽을 잡고 숨을 골랐다. 왜 제프리 양 선생님은 나한테 함께 가자고 했던 나라를 노아에게도 말하는 걸까? 내게만 했던 말이 아니었던 건가? 그냥 아무한테나 다 했던 말이었던 거야? 그때, 어서 들어와. 스콘 먹자, 라고 오로라가 광지에게 텔레파시로 말했다. 정말 오로라와 광지는 하나가 된 걸까? 정신병인가? 제프리 양 선생님은 또 왜 그랬고?

광지는 고개를 들어 천장을 바라보았다. 천장에 새겨진 무늬를 파악해 보려고 노력했다. 이어서 병원 복도의 간판에 쓰인 글자를 읽어보고 또 노아가 있는 병실은 몇 호인지도 살폈다. 혼돈 속에서 벗어나려고, 이성을 되찾으려고 노력했다. 광지가 다시 병실로 들어갔다. 노아는 허리까지 이불을 덮은 상태였고 창문을 등졌다. 역광 탓에 얼굴이 시커멓게 보였다. 오로라는 노아의 무릎 위에 스콘이 담긴 봉지를 올려놓았다. 광지가 도착하자 오로라가 스콘을 꺼냈다.

오로라와 광지, 노아는 스콘을 하나씩 나누어 먹었다. 스콘의 버터 향을 음미하던 노아가 잠깐 동작을 멈추고 식전 기도를 까먹었다고 말했다. 오로라와 광지는 종교는 없었지만 기도에 딱히 거부감이 없었기에 노아와 함께 고개를 조아리고 기도를 시작했다. 노아의 기도가 시작되자 아이들의 입에서 동시다발적으로 블루베리 향이 진하게 났고, 그들은 순식간에 같은 악몽 속으로 들어갔다.

노아와 오로라, 광지는 산맥에 뚫린 구멍, 동굴 입구 바로 앞에 서 있었다. 꿈속의 노아는 현실과는 달리 건강한 혈색에 허리를 곧게 펴고 서 있었다. 노아는 꿈속에서나마 건강했던 지난날의 육체를 돌려받았다는 사실에 놀라워하고 있었다. 노아가 오로라와 광지에게 어떻게 된 일이냐고 물었다. 광지가 오로라에게 눈빛을 보냈다.

'노아에게 우리가 어떤 걸 경험했는지 말 안 했어?'

'말할 시간이 없었잖아.'

노아는 산맥 동굴 입구에 바투 서 있었기 때문에 산맥의 전체적인 모습이 제프리 양 선생님의 얼굴 모양이라는 걸 모르는 것 같았다. 오로라와 광지는 산맥에 뚫린 동굴 안으로 들어가야만 했다. 진짜, 이번에는 꼭 들어가야 했다. 어쩌면 기회가 이번 한 번일 수도 있으니까. 오로라와 광지가 꿈속에 들어간 건 지금을 포함해서 벌써 세 번째였지만 도무지 용기가 나질 않았다. 오로라와 광지가 머뭇대는 사이 노아는 산맥 입구로 들어갔다. 오로라의 심장이 발끝까지 떨어졌다가 머리꼭지까지 튀어오르는 것처럼 거칠게 뛰었다. 광지는 산맥에 들어가야만 하는 상황이 이토록 빨리 올지 몰랐지만, 막상 닥치니 마음속이 고요했다. 고요하게 물결치는 행아복의 섬에 임한 바닷물처럼.

광지는 오로라의 손을 잡고 산맥 입구로 끌었다. 오로라 역시 지금이 아니면 결코 산맥 속으로 들어갈 수 없다는, 두 사람이 꿈속에서 의도적으로 삭제해 버린 그 꿈의 시퀀스를 볼 수 없다는 사실을 이해하고 광지에게 몸을 맡겼다. 있잖아, 별거 아닐 거야, 뭐 별거 있겠어? 정말 엄청나게 중요한 사건이

거나 충격적인 일이 벌어졌다면, 우리가 뚜렷하게 기억하지 않았겠어? 그렇게 중요한 일인데 잊어버릴 수가 있어? 오로라와 광지는 자기 자신을 설득하려고 노력했다.

둘은 손을 잡고 입구 안으로 들어갔다. 축축한 바닥이나 천장에 괴물의 이빨처럼 달린 종유석을 예상했지만 아니었다. 산맥 안의 내부는 현대적이었다. 거긴 그러니까, 행아복의 섬에서 지냈던 기숙사 복도였다. 바닥은 축축하지 않았다. 천장에는 등이 달려 있을 뿐 종유석 따위는 없었다. 역시 꿈이었던 것이다. 이런 자연적 불협화음은 꿈에서만 가능한 거니까.

복도의 끝에 창문이 세 개 있었다. 오로라와 광지가 있는 곳에서는 사생활 보호 필름을 붙인 것처럼 창문 너머에 아무것도 보이지 않았다. 노아는 세 개의 창문 중 가장 왼쪽에 있는 창문 앞에 서 있었다. 그는 양손으로 차양을 만들고 창문 앞에 바짝 붙어 있었다. 오로라가 광지에게 말했다.

"정말로 미안해. 나는 못 보겠어."

"기회는 이번 한 번뿐이야. 확실해?"

"여기 있을게."

"오로라, 정말이야?"

"미안해."

광지가 무언가 말을 이으려다 말고 오로라를 끌어안았다. 광지는 떨고 있었다. 오로라는 광지의 두려움을 이해했지만 도무지 진실을 알 용기가 없었다. 다만 이것이 광지와의 작별 인사만은 아니길 원했다. 광지가 오로라의 머리카락에 얼굴을 파묻고 말했다.

"이따 봐."

광지가 창문 쪽으로 달려가 노아의 어깨를 두드렸다. 노아가 뒤를 돌아보았다. 광지는 노아의 얼굴을 보자마자 반 발짝 물러섰다.

이걸 어떻게 설명해야 할까. 광지가 생각했다. 만약 누군가 노아의 얼굴을 묘사하라고 하면 어떻게 말해야 할까? 노아의 피부는 분명 밝은 상아색이었는데, 어느새 전체적으로 푸른빛이 감돌았다. 시체의 손은 파란색이고 바다의 색도 파란색이고. 노아의 얼굴도 마찬가지이고. 오로라의 머리카락도 푸른색인데, 오로라는 내 옆에 있지 않아. 노아는 순식간에 늙어서 열다섯 살이 아니라 백오십 살이 된 것만 같았다.

그 짧은 순간에.

노아는 주름이 깊게 진 파란색 손으로 광지의 손가락을 잡았다. 광지가 노아의 차가운 손을 맞잡았다. 광지의 손도 파랗게 물들었다. 노아가 광지를 창문 앞으로 확 끌어들였다. 광지는 마음의 준비를 할 새도 없이 창문 앞에 바짝 섰다. 창문 너머에 행아복 섬에서 토요일마다 개최되는 초청 인사 강연회가 보였다. 광지가 자리에서 벗어나려고 하자 노아가 광지의 어깨를 붙들고 힘을 줬다. 노아의 손톱이 날카로웠다. 광지는 이러다가 자기 어깨가 으스러지는 건 아닐지 걱정되었다. 노아가 광지의 귀에 대고 말했다. 내레이터의 목소리.

"저건 내가 다친 날이야. 해변에 버려진 날."

광지는 잠자코 제 어깨를 잡은 노아의 손을 맞잡았다. 창문 바깥으로 보이는 토요 초청 인사 강연회를 보는 건 너무 슬펐으니까. 노스탤직하니까. 다시는 겪을 수 없는 경험이니까. 광지는 창 바깥을 유심히 보다가 인파 사이에서 제프리 양 선생님과 함께 있는 노아를 발견했다. 노아는 지금과 달리, 병원 정자에서 보았던 것과 달리, 얼굴이 통통했고 볼에 홍조가 일었으며 머리숱도 많았다. 그 누구보다 새카만 머리색에 그 누구보다 건강한 얼굴을 한 그 시절의 노아는 행아복의 어느 아이들보다도 맑고 행복해 보였다. 제프리 양 선생님은 광지에게 그랬던 것처럼 부드럽고 애정 어린 손길로 노아의 어깨를 쓰다듬고 있었다.

광지는 창 너머에서 일어나는 사건의 시간대가 이해 가지 않았다. 광지가 노아에게 저게 몇 년도 몇 월이냐고 물었다. 노아는 광지가 행아복의 섬을 떠난 이후 제프리 양 선생님과 친해졌다고 했다. 제프리 양 선생님이 갑자기 자기에게 관심을 가졌다고 했다. 제프리 양 선생님은 광지가 떠나자 대체할 아이를 찾았다. 애초에 광지 역시 어떤 아이의 대체 인물이었겠지. 제프리 양 선생님은 매주 노아에게 만년필과 잉크, 만년필용 노트와 예쁜 은색 손목시계, 아이패드와 에어팟, 닌텐도와 캘빈클라인 팬티를 선물했다고 했다.

광지에게 그랬던 것처럼.

광지가 창 너머의 노아와 제프리 양 선생님을 인식하자 그 광경이 확대되어 보였다.

제프리 양 선생님은 광지에게 그랬던 것처럼 오로라에게 그랬던 것처럼, 노아에게 맥주 캔을 줬다. 그가 말했다. ……어른이랑 같이 있으면 술 마셔도 괜찮아…… 창밖의 노아는 제프리 양 선생님이 주는 맥주 캔을 천천히 마셨다. 사내답게 원샷을 해야지. 제프리 양 선생님이 말했다. 그는 언제나 그랬듯 가죽 장갑을 끼고 있었다. 제프리 양 선생님이 천천히 주먹을 쥐자 가죽이 맞물리는 소름 끼치는 소리가 났다. 노아가 제프리 양 선생님의 응원에 힘입어 맥주를 원샷했다. 알코올이 노아의 몸속에서 빠르게 퍼졌다. 제프리 양 선생님은 술기운에 비틀대는 노아의 어깨를 잡고 상담실로 데려갔다. 광지가 토요일마다 들렀던 그 상담실로.

창 너머에서 일어나는 일. 과거임이 분명하지만 창 너머 시점에서는 현재인 일.

비로 오로리외 광지, 노이가 잊어버렸던 그 일.

계속해서 기억해 내려고 노력했던 일.

제프리 양 선생님은 술에 취해 몸을 가누지 못하는 노아를 거칠게 안고 소파에 내던졌다. 노아와 광지에게 그렇게 많고 과분한 선물을 줬던 다정한 사람이 보일 법한 제스처가 아니었다. 노아와 광지는 창에 이마를 바짝 댔다. 창문에 두 개의 동그란 입김이 생겼다. 창 너머 제프리 양 선생님이 소파에 누운 노아의 몸을 뒤집었다. 창밖을 보는 노아가 광지와 맞잡은 손에 힘을 꽉 주었다. 광지는 손바닥이 아팠지만 이건 꿈이니까 아프지 않을 거라고 확신했다.

하지만 손바닥이 아팠다. 광지는 노아의 손을 놓고 바닥에 주저앉았다. 눈을 감고 귀를 막았다. 창밖을 보고 싶지 않았다. 광지는 고요와 어둠 속에서 스스로 침잠하기를, 끝 모를 바닥에 가라앉기를 기다렸다. 그러자 노아가 걱정이 되었고 일어나 노아의 손을 잡았다. 노아는 여전히 창밖을 쳐다보았다. 창에 노아의 입김이 생겼다 사라졌기를 반복했다.

다시 창밖의 광경. 노아는 술기운에 축 처졌다. 소파 바깥으로 튀어나온 노아의 울긋불긋한 손목이 덜렁댔다. 노아가 술에 취한 줄 몰랐다면 죽었다고 느낄 정도로 힘이 없었다. 제프리 양 선생님은 노아의 뺨을 대여섯 번 치더니 반응이 없자 그저 빤히 내려다보기만 했다. 그때였다. 제프리 양 선생님이 '그걸' 한 것이다. 노아에게.

광지는 그 행동을 그저 '그거'라고 부를 수밖에 없었다. 광지가 '그거'에 관해 뭐라고 해야 할까? 말할 필요가 있나? '그거'는 그냥 '그거'였다.

창문 너머를 응시하던 광지가 잽싸게 노아의 눈을 가렸다. 노아는 입을 쩍 벌린 상태였다. 턱은 온통 입에서 흐른 침으로 가득했다. 그는 광지의 손을 내리려고 했지만 광지의 완력을 당해낼 수 없었다. 광지는 노아를 얼싸안고 얼굴을 가렸다. 그러나 정작 본인은 창밖을 보는 걸 멈출 수 없었다. 어느새 창 바깥에서는 제프리 양 선생님이 안쓰러울 정도로 경련하는 노아를 어깨에 걸쳐 메고 해변으로 나가는 장면이 진행 중이었다. 그는 해변의 깊숙한 곳으로 향했다. 제프리 양 선생님이 적절한 장소를 찾아서 노아를 해변 바닥에 내팽개쳤다. 노아는 낡은 헝겊으로 만든 인형처럼 바닥에 쓰러졌다. 쓰러지며 바위에 머리를 부딪히기도 했다.

"이건 꿈이야. 걱정하지 마. 이거 가짜야. 가짜. 가짜라고."

광지가 노아와 얼굴을 맞대고 속삭였다. 두 아이는 가까스로 옆 창문으로 옮겨 갔다. 두 번째 창문에서는 행아복 섬에서 지내던 시절의 광지가 있었다. 제프리 양 선생님과 함께 그 악명 높은 상담실로 비틀비틀 걸어가는 광지. 제프리 양 선생님은 술에 취한 광지에게 자신이 노아에게 했던 '그것'을 똑같이.

산맥 내부의 불이 깐빡이다가 일부가 꺼졌다. 광지의 반쪽 얼굴이 어둠에 싸였다. 광지가 노아에게 냉정하게 말했다.

"이건 꿈이야. 가짜야. 거짓말이야."

두 번째 창 바깥으로 여전히 제프리 양과 광지가 보였다. 광지는 창문을 똑바로 볼 수 없었다. 그저 흘긋거리기만 했다. 광지는 여전히 충격에 빠져 있는 노아를 부둥켜안고 바닥에 앉았다. 장면을 똑바로 응시하는 순간 자기가 무슨 일을 저지를지 몰랐으니까. 하지만 무엇보다도 자신이 왜 아프게 되었는지, 왜 의원에 갔어야 했고, 왜 약을 계속 먹어야 하는지 알아야 했다. 이 모든 이해할 수 없는 상황의 원인을 마주하면 뭔가 달라지지 않을까? 광지가 노아에게 감은 손을 풀었다. 노아가 바닥에 주저앉아 귀를 막았다. 울지도 않았고 욕하지도 않았다. 그저 영혼이 늙은 상태였다. 그것뿐이다.

광지는 일어나 창문 밖으로 시선을 고정했다. 이 얇은 유리창 밖에 존재하는, 본인만 모르고 있었던 과거의 실상을 인식하기 시작했다. 몇 분이 지나고 결국에는 자신이 왜 아프게 되었는지, 왜 의원에 갔어야 했고, 왜 약을 계속 먹어야 하는지에 대한 대답을 얻었다. 광지가 다시 쪼그려 앉아 노아와 시선을 맞추었다. 노아가 광지의 양손을 맞잡고 말했다.

"이건 꿈이 아니야. 진짜야. 너도 알고 있잖아."

두 사람은 한동안 침묵했다. 광지가 무겁게 잠긴 목소리로 대답했다.

"맞아. 저건 진짜야."

행아복의 섬에서 두 아이가 겪었던 사건, 제프리 양이 아이들에게 행한 '그것'은 엄청나게 중요한 사건이었다. 충격적인 사건이었다. 충격의 여파 때문에 오로라와 광지, 노아는 그 일련의 학대들을 잊어버릴 수밖에 없었으리라. 광지는 멀찍이 서 있는 오로라를 응시했다. 오로라에게 이리 오라고 해서 창 바깥을 바라보라고 할 자신이 없었다. 창밖에서 일어나는 일은 오로라와 광지, 노아가 예상했던 것보다 더욱 큰 일이었다. 오로라는 몰라도 됐다. 노아와 광지가 서로의 이마를 맞대고 가만히 있었다.

그러자 노아와 광지의 몸에 불이 붙기 시작했다. 아이들이 자연발화했다. 이내 불은 천장으로 솟구쳤다. 사드락과 메삭, 아벳느고에겐 평소보다 일곱 배나 뜨거운 풀무 불 속에 내던져질지라도 그들을 구원해 주실 신이 있었다. 반면 노아와 광지는 일곱 배가 아니라 칠천 배나 더 뜨거운 불로 인해 내면부터 타오르고 있었지만 그들을 구해줄 신이 없었다. 구해줄 어른도 없었다. 그 누구도 없었다. 광지는, 노아는, 산 채로 불에 타야만 했고 풀무 불로 떨어져야만 했다. 노아가 쉰 목소리로 작게 말했다.

"그만. 그만."

광지가 고개를 끄덕이며 대답했다.

"그만. 그만."

오로라는 노아와 광지로부터 멀리 떨어져 있었다. 그는 창문 안을 유심히 보는 두 아이의 뒤통수를 집요하게 관찰했다. 오로라의 위치에서는 그들이 무엇을 보고 있는지 보이지 않았다. 물론 오로라 역시 친구들과 함께 창 너머를 보고 싶었으나 왠지 모를 압박감이 들었다. 동굴은 낯선 곳이었다. 그 누가, 혹은 짐승들이 오로라와 광지, 노아를 공격할지도 몰랐다. 오로라는 일종의 의무감을 스스로 짊어졌다. 광지와 노아는 무엇을 본 건지 몰라도 얼굴이 새하얗게 질려서 서로 마주하고 쪼그려 앉았다.

게다가 아이들의 몸이 불에 타는 중이었다. 오로라가 천천히, 거의 소리를 내지 않고 친구들에게로 걸어갔다.

노아와 광지는, 오로라의 친구들은 자기 나이대를 훨씬 벗어난 얼굴을 하고 있었다. 갓난아기 혹은 죽기 직전 노인의 모습처럼 말이다. 둘은 불에 뒤섞여 어떤 교감을 하는 걸로 보였다. 오로라가 제외된 교감. 오로라도 그들과 껴안고 싶었지만 그래도 혹시 모를 일에 대비해야 했다. 갑자기 노아와 광지가 서로를 꼭 껴안았다. 서로의 몸이 경련할 때까지. 불이 천장으로 치솟아 타오를 때까지. 오로라는 노아가 이렇게 말하는 걸 들었다.

"오로라, 광지, 나는 너희들을 그리워하고 있었어. 너희들을 알기 전부터."

그 이후 광지와 노아는 일어나서 동굴 바깥으로 달리기 시작했다.

오로라가 두 아이를 따라서 동굴 바깥으로 달려갔다. 친구들이 지나간 자리에 불티가 튀어 오르다가 사라졌다.

하지만 동굴 바깥에는 아무도 없었다. 오로라는 달릴 수 있는 모든 곳을 향해 달렸다. 골이 터질 것처럼 아프고 숨 쉬기가 힘들어 쓰러질 수밖에 없을 때까지 달렸다. 그러나 광지와 노아는 그 어디에도 없었다. 오로라는 거칠게 뛰는 심장박동에 집중하는 것 외에는 무엇을 해야 할지 판단이 서지 않았다. 손을 가슴에 대고 심장박동을 느끼는 것 말고는 아무것도 할 수 없었다.

심장박동은 도무지 진정될 기미가 보이질 않았다. 온몸의 피가 얼굴에 쏠려 뜨거웠다. 콧속이 뻐근해지며 무거웠다. 오로라는 울지 않으리라 다짐했다. 울면 게임에서 지는 것 같았다. 그것이 무슨 게임인지 알 도리는 없었지만. 콧물을 삼키자 입안으로 달큼시큼한 눈물이 가득 찼다.

오로라는 다시 동굴 안으로 들어갔다. 안에 있을지도 몰라. 바깥에 없다면 그건 안에 있다는 뜻이야. 오로라가 광지와 노아의 이름을 불렀다. 세 번째 창문에서 무지개색 빛이 부유했다. 색과 빛이 찬란히이 오로라를 유혹했다. 그토록 고혹적이고 파괴적인 빛과 가루. 오로라가 세 번째 창문으로 걸어갔다.

그리고 세 번째 창문에서 제프리 양 선생님과 정치인이 술에 취한 자기에게 무슨 짓을 저질렀는지 알게 되었다. 오로라는 이게 꿈일 거라고 스스로에게 되뇌었다. 노아와 광지가 동굴 바깥으로 뛰어나간 것도 꿈이고 제프리 양 선생님과 정치인이 자기한테 행한 행위들도 꿈이라고. 이 모든 게 다 꿈이라고. 꿈이 맞다고. 꿈이 맞아. 눈을 뜨면 현실로 돌아갈 거야. 도대체 이게 무슨 일이야. 우리 셋이서…… 너네 셋이서…… 같이 있었니?

오로라가 눈을 떴다. 눈이 부셨다. 산맥 동굴 안이 아니었다. 안개 같은 시야 사이로 사람의 실루엣이 가느다랗게 보였다. 실루엣이 물었다.

"노아는 어떻게 알게 되었니?"

"인터넷으로요."

"광지도?"

"걔는 그냥 친구예요."

시야가 완벽히 돌아오자 오로라는 그곳이 경찰서라는 걸 알아차렸다. 실루엣은 사복을 입은 어떤 여자였다. 여자가 물었다.

"친구들이 도로에 뛰어들었을 때 너는 어디에 있었니?"

"아마 찾으러 다녔을 거예요."

"애들이 마지막으로 무슨 말을 했니?"

"나는 그 아이들을 언제나 그리워했어요. 그 아이들을 알기 아주 오래전부터."

오로라가 홀로 중얼댔다.

IV 우리는 4인칭의 아이들

경찰이 오로라를 P읍으로 데려다주었다. 소혜의 주택은 아직도 비어 있었다. 아, 오늘 굿하러 어디 간다고 했었지. 오로라는 집 안에 들어가자마자 화장실로 향했다. 찬물로 세수하고 거울에 비친 얼굴을 보다 흠칫 놀랐다. 제 얼굴이 삽시간에 늙은 것처럼 느껴졌기 때문이다. 노아와 광지가 죽기 전 갑자기 늙어 보였던 것처럼.

뉴스에 따르면 광지와 노아는 고속터미널역의 복잡한 대로에 뛰어들었다고 했다. 그들은 경차에 부딪혔다. 일반인이라면 겨우 타박상 정도 입을 만한 속도였지만 두 아이는 그 자리에서 즉사했다. 어떤 외상도 입지 않았다고 했다.

오로라는 손가락을 거울에 대고 천천히, 얼굴의 외곽을 따라 움직였다. 정수리부터 관자놀이를 지나 볼과 턱, 맥이 가파르게 뛰고 있는 목까지. 천천히, 의식을 치르는 모양으로. 그러다 손끝에 치명적인 따가움을 느꼈다. 마치 불에 댄 것 같은 따가움. 오로라는 손가락을 흔들며 재차 거울로 얼굴을 살폈다. 눈가는 시푸른색을 띠었고 수분이 모조리 증발한 듯 버석거렸다. 온통 각질이 오른 갈색 입술과 마른 혓바닥. 탈색했던 푸른색 부분이 물러나고 새롭게 새카만 머리카락이 자라나기 시작했다. 남아 있는 푸른색 머리는 마치 후광처럼 보였다. 불씨, 화염, 잿더미. 오로라의 머릿속에 어떤 생각이 빠르게 스쳤다. 오로라는 입술을 깨물었다. 세면대 옆에 누군가 쓰고 서랍에 넣지 않은 바리캉이 보였다. 오로라는 바리캉을 들고 머리를 밀었다.

저녁이 되자 소혜와 예희가 돌아왔다. 머리 예쁘네. 예희가 오로라를 보고 한 첫마디였다. 오로라는 예희의 멱살을 잡고 싶었지만 동시에 그러고 싶지 않았다. 소혜의 주택에는 또 다른 식구가 생겼다. Q 선생이었다. 오로라는 Q 선생이 믿는 종교에서는 하나님을 제외한 우상숭배를 금하는 걸로 알고 있는데, 샤머니즘 전문가인 소혜의 집에서 살고 있는 게 의아했다.

오로라와 광지, 예희가 더 이상 수업에 나오지 않자 Q 선생은 직업을 잃었다. 고민 끝에 P읍내에서 비즈팔찌를 팔며 유타주로 돌아갈 비행기 삯을 모으고 있었다고 한다. 아무도 팔찌를 사지 않았다. Q 선생을 구해준 건 하나님이 아닌 동자 신을 모시는 소혜였다. 소혜가 Q 선생을 바라지로 쓰기로 결정했던 것이다. 생활고 앞에서는 어떤 종교를 가졌냐는 중요하지 않았다. 결국 인간세계에서는 자기 돈으로 산 집이 있느냐 없느냐가 중요한 것이었다. Q 선생은 대충 눈치로 소혜의 일을 도와주고 있었다. 점을 보러 온 사람에게 따뜻한 차를 타준

다거나 영업이 종료되면 청소한다거나. 전화 업무는 좀 힘들었겠지만.

광지는 사라졌지만 여전히 소혜의 주택에 머무는 여자는 총 네 명이었다. 묘한 우연의 일치였다. 네 명의 여자는 오로라의 요청에 따라 부엌 식탁에 둘러앉았다. 식탁 위에는 아무것도 놓여 있지 않았다. 가끔 누군가 짓는 한숨이 식탁 위를 맴돌다가 사라졌다. 오로라가 거울에서 보았던 푸른색 불꽃 환상을 생각하며 말했다.

"제프리 양한테 다 되돌려줄 거야."

다시 침묵이 내려앉았다. 한참 뒤 가장 먼저 말문을 연 건 예희였다.

"흑마법으로 제프리 양을 골로 가게 만들 수 있어. 쉬워."

"아니, 그것보다는 다른 방식으로 하고 싶어."

오로라가 대답했다.

"우리 지금 처음으로 대화한 거 알아?"

예희가 말했다. 오로라와 예희가 한동안 서로를 바라보았다.

"Black magic?(흑마법?)"

Q가 중얼댔다. 오로라의 창백한 이마가 식탁 등에 비쳐 옅게 빛났다. 예희가 계속했다.

"죽이고 싶으면 내가 죽여줄 수 있어. 불구가 되게 만들어

줄 수도 있어."

소혜가 끼어들었다.

"저주를 날릴 수도 있어. 그 양반 가족을 망하게 할 수도 있어."

"저주를 날리면 엄마가 다시 돌려받잖아. 그냥 내가 해결하게 두라니까."

예희가 터뜨리듯 말했다. 오로라가 고개를 거칠게 흔들어 다들 그만하라는 제스처를 보냈다.

"It's only up to Aurora to decide what to do with Jeffrey.(제프리에게 뭘 할지 정하는 건 오로지 오로라에게 달려 있어.)"

Q 선생이 어디인지 모를 곳을 응시하며 실없이 말했다.

"내가 생각한 게 있어. 내가 시키는 대로 도와줄 수 있어?"

오로라는 자기 가슴을 툭툭 치며 말한 뒤 덧붙였다. 오로라를 제외한 세 명의 여자가 고개를 끄덕였다. 오로라가 자리에서 일어나 팔짱을 끼고 주변을 한동안 돌았다. 다시 자리에 앉아 어깨를 바르게 펴고 세 여자에게 손짓했다. 세 여자가 식탁의 중앙을 향해 고개를 모았다. 오로라가 양손을 소라고둥처럼 만들고 계획을 속삭였다. 코엑스 길거리에서 생각했던 복수 방법을 말이다. 오로라의 말이 끝나자 여자들이 전부 의자 등받이에 등을 기댔다. 아침 해가 희붐하게 뜨기 시작했다. 해가 식탁에 앉은 네 여자의 정수리부터 이마, 눈까지 비추었다. Q 선생이 왠지 만족스러운 말투로 말했다.

"Soon the sun will rise.(곧 해가 뜰 거야.)"

"블루베리 스콘을 많이 구워놔야겠구나."

예희가 말했다.

오로라가 구상한 계획은 이랬다. 계획의 제목은 '비열한 제프리 양의 생애 마지막 순간'이었다. 현장에서 일할 사람은 오로라와 예희, 소혜였다. Q 선생은 한국말이 서툴러 현장에 투입될 수 없었다. 대신 필요한 서류 작성과 컴퓨터로 이미지 만들기, 블로그에 글 올리기를 맡았다. 적어도 컴퓨터로 번역기는 쓸 줄 아는 사람이니까 말이다. Q 선생은 서툰 한국어였지만 번역 사이트를 돌려서 일을 진행했다. 홍보 이미지도 곧잘 만들었다.

오로라가 가장 첫 번째로 해야 할 일은 행아복의 비서에게 연락하는 일이었다. 행아복 섬의 특별한 대안학교에선 일 년 내내 학생을 모집 중이었다. 제프리 양은 열다섯 살 소녀라면, 열다섯 살 소년이라면 사족을 못 쓰고 좋아했다. 그러니 계속해서 학생들을 찾는 거겠지.

하지만 곧 드러날 거야. 얼마만큼의 아이들이 피해를 보았는지. 아픈지. 슬픈지.

죽었는지.

오로라는 행아복 상담센터에 전화했다. 자기 이름과 섬에서 지냈던 이력을 말한 뒤 P읍에서 함께 사는 동창이 행아복 섬에서 공부하는 데에 관심이 있다고 흘렸다. 한 시간 뒤 비서가 직접 오로라에게 전화했다. 잘 지내냐고, 뭐 하고 지냈냐고, 실없는 안부 인사가 오고 갔다. 전화기를 든 오로라의 손바닥이 시큼하게 젖었다.

비서가 이런저런 이야기로 시간을 끌었지만 노아나 광지에 관한 이야기는 없었다. 하긴, 알고 있더라도 언급할 가치가 없을지도 몰랐다. 노아나 광지뿐 아니라 비서는 오로라의 근황에 대해서도 관심이 없었다. 자랑, 자랑, 자랑뿐. 자기가 돈이 얼마나 많고. 자기가 얼마나 잘난 사람이고. 자기가 누굴 알고. 비서가 다른 소리를 하자 오로라가 공격적으로 물었다.

"제 친구가 행아복의 섬에 입학할 수 있을까요?"

"물론이지."

"제프리 양 선생님과 면접을 봐야 할까요?"

비서가 그렇다고 했다. 오로라가 면접 시간과 장소를 노트에 받아 적었다. 전화를 끊기 전 오로라가 덧붙였다.

"제프리 양 선생님께 꼭 전해주세요. 제 친구가 정말 거기에서 공부하고 싶대요. 게다가 그 친구는 정말 예뻐요. 저처럼 아이돌 지망생이에요."

비서가 알려준 면접 장소는 P읍의 복지 회관 꼭대기 층이었다. 꼭대기 층 개인 사무실에서 제프리 양 선생님이 오로라와 예희를 기다리고 있을 거라고 했다. 제프리 양에게 방문하는 날 예희는 주머니가 여러 개 달린 카고바지를 입었다. 반삭의 오로라는 데스메탈 밴드의 투어 티셔츠를 입었다. 두 아이는 일 층 복지 회관 데스크에 가서 행아복의 섬 학교에 입학하기 위해 면접을 보러 왔다고 말했다. 여기서 광지와 체리콕을 먹었었지, 오로라가 떠올렸다.

우리는 그때…….

우리가 말이야.

"꼭대기 층으로 올라가렴."

데스크 직원이 말했다. 오로라와 예희는 엘리베이터에 탔다. 꼭대기 층으로 올라갈수록 귀가 먹먹해져서 둘 다 강제로 하품을 해 귓속에 공기를 집어넣어 보려고 턱을 벌렸다. 엘리베이터 문이 열리자 바로 제프리 양의 사무실과 연결되어 있었다.

사무실 전체에 이국적인 문양의 두꺼운 카펫이 깔려 있다. 아름다운 문양이었지만 왠지 위압적인 분위기였다. 제프리 양은 검은색 수파에 다리를 꼬고 앉아 리모컨으로 텔레비전 채널을 돌리고 있었다. 아마 그 포즈가 자기를 가장 멋들어지게 보여줄 수 있는 자세라고 여긴 듯했다. 극도로 연출된 장면이었다. 제프리 양이 소파에서 일어나 어깨를 으쓱했다. 오랜만에 제프리 양을 보니 키가 거의 이 미터에 육박하는 것 같았다. 오로라는 이 남자를 어떻게 납치해서 소혜의 주택까지 데려가나 잠깐 겁이 났다. 애초에 오로라와 광지, 노아는 이 육중한 남자를 이길 수 없었을지도 몰랐다. 존재감으로나, 육체적으로나.

예희가 먼저 제프리 양에게 씩씩하게 인사했다. 제프리 양은 예희에게 허리를 굽혀 인사했다. 그는 여전히 가죽 장갑을 양손에 끼고 있었다. 예희가 제프리 양과 악수하자 가죽이 맞물리는 소리가 났다. 제프리 양은 오로라에게는 큰 신경을 쓰지 않았다. 그저 반삭을 한 오로라를 보며 어이쿠, 하고 감탄사를 날렸다. 그리고 여전히 눈을 거의 깜빡이지 않았다. 예희의 모습을 한순간이라도 놓치지 않으려는 듯.

제프리 양은 예희의 어깨에 팔을 두르고 사무실 곳곳에 걸린 액자로 인도했다. 액자에는 행아복의 후원에 힘입어 새 삶을 살아가는 아이들의 행복한 모습이 담겨 있었다. 특히 행아복의 섬에서 공부하는 아이들의 사진이 지나치게 많았기에, 제프리 양의 모든 관심사가 섬에 있음은 자명해 보였다. 개중에는 노아와 광지의 사진도 있었지만 오로라는 따로 질문하지 않았다. 제프리 양이 거짓말할 게 뻔했으니까. 대신 예희가 노아를 가리키며 물었다.

"이 귀엽게 생긴 애는 아직도 학교에 다녀요?"

제프리 양이 턱을 문지르며 처음 보는 학생인 것처럼 갸우뚱했다. 그가 말했다.

"글쎄. 학생이 하도 많아서 말이지. 누군지 기억이 잘 안 나네."

액자 투어를 마치고 다들 소파에 앉았다. 제프리 양이 소파 의자에 편하게 기대 말하기 시작했다. 앞으로 GTX 사업 때문에 P읍에 더욱 자주 들를 거라는 둥 이야기하며 소파 앞 탁자에 있는 예쁘게 생긴 술병을 들었다. 그는 자기 것까지 석 잔의 컵에 술을 따르며 말했다.

"좀 편한 분위기에서 면접을 보기 위해서."

예희가 잔을 바라보며 휘파람을 불었다. 그는 제프리 양처럼 소파에 등을 기대고 다리를 꼬았다. 예희가 물었다.

"저 정말 편하게 해도 돼요?"

제프리 양이 박장대소했다. 오로라는 웃지 않았다. 웃고 싶지 않았다. 웃으면 왠지 노아와 광지에게 또다시 해를 입히는 기분이 들어서. 제프리 양은 자연스럽게 흘러내린 잿빛 머리카락을 손으로 올렸고 그 역시 자기가 멋지게 보일 수 있도록 연출한 것이 분명했다. 동시에 예희를 향해 어떤 도발적인 눈빛을 보냈다. 그렇게 하면 예희가 자기에게 말려들 줄 알고. 그토록 한참 끼를 부리고도 예희나 오로라나 별 반응이 없자 제프리 양은 담배를 권하며 말했다.

"어른 앞에서 피우는 담배는 괜찮아. 너희들 몰래 피워서 그렇지, 어른에게 제대로 배우면 술이든 담배든 다 괜찮아."

"선생님은 개방적인 분이네요."

예희가 대답했다.

세 사람이 피우는 담배 연기가 천장으로 올랐다. 제프리 양은 예희에게 별 시답지 않은 질문을 면접이랍시고 던졌다. 그가 예희에게 이상하고 유치한 질문을 할 때마다 오로라는 자기를 불행하게 만든 자가 고작 저런 사람이었던가, 친구들을 차도에 뛰어들게 만든 사람이 저렇게 저열했던가, 하는 회의감에 몸부림치고 싶었다. 텔레비전에서 P읍의 GTX 사업에 관해 아나운서가 말했다. 제프리 양이 손뼉을 치며 자랑스럽게 말했다.

"이제 P읍에 사는 아이들은 GTX를 타고 수도권에 드나들 것이고 더 큰 시야를 얻을 거란다."

오로라가 담뱃재를 떨어 탁자에 비벼 껐다. 그러고는 일어나 뒷짐을 지고 빙빙 돌다가 멈춰 서서 제프리 양을 빤히 보았다. 오로라가 말했다.

"그렇게 커진 시야로 산티아고, 드레스덴, 에든버러, 잘츠부르크, 베를린도, 런던도 갈 수 있는 거죠?"

제프리 양의 얼굴이 순간 변했다가 원래대로 돌아왔다. 그가 겸연쩍게 웃으며 말했다.

"내가 거기 가자고 했던가? 못 가서 서운했던 거야?"

"아뇨."

"P읍으로 돌아오고 나서 용돈이 모자랐니?"

"아뇨."

"섬에서 P읍으로 돌아가는 아이가 한둘이 아니라 내가 하나하나 신경 써 줄 수가 없어."

"그 아이들은 왜 다시 집으로 돌아갔대요?"

오로라가 물었다. 제프리 양은 오로라의 질문이 기가 막힌다는 듯 웃음을 터뜨렸다.

"글쎄. 나는 잘 모르겠구나. 네 담당 선생님에게 들은 바로는 오로라, 네가 굉장히 불성실하다고 내게 보고했단다. 아마 그런 이유이지 않을까? 행아복에서는 아이들을 함부로 내쫓지 않는단다. 아마 네게 잘못이 있었을 거야. 생각해 보렴."

제프리 양이 검지로 자기 이마를 톡톡 치며 말했다. 제프리 양의 목소리는 미지근했다. 차갑지도 뜨겁지도 않았다. 오로라는 제프리 양의 눈동자가 조금이라도 흔들리기를 바랐지만 그러지 않았다. 그 눈동자는 꼭 견고한 산맥에 박힌 돌처럼 단단했다. 오로라와 광지, 노아가 꿈에서 수없이 마주했던 그 산맥. 제프리 양이 산맥으로 형상화되어 꿈에 나타난 건 우연이 아닐지도 몰랐다. 그는 돌 같은 사람이었다. 오로라는 자기도 모르게 주먹을 꽉 쥐었다. 주먹에 땀이 찼다. 오로라가 말했다. 침착하려고 노력했지만 목소리가 떨리는 건 어쩔 수 없었다.

"선생님 잘못은 없어요? 다 내 잘못이에요?"

"무슨 잘못?"

제프리 양이 다소 귀찮다는 양 물었다.

"선생님이 나랑 노아, 광지를 강간했잖아요."

제프리 양이 박장대소한 뒤 비싸 보이는 손목시계를 만지작거렸다. 그가 뜸을 들이다가 냉담하게 말했다.

"그냥 운이 안 좋았다고 생각해. 그리고 어차피 너네 다 크면 할 거였잖아. 내가 미리 예시를 보여준 거지."

"아."

오로라가 짧게 감탄사를 남겼다. 그는 가만히 이마를 긁다가 팔짱을 꼈다. 그리고 예희에게 턱짓했다. 예희가 주머니에서 싱잉볼을 꺼내서 막대기로 싱잉볼 표면을 시계 방향으로 긁었다. 몽환적이고 아름다운 소리가 사방에 퍼졌다. 제프리 양은 코를 찡그리며 이게 뭐람, 하고 조용히 중얼댔다. 막대기로 싱잉볼 표면을 긁는 소리가 점점 커졌다. 예희가 막대기를 바닥에 내려놓았음에도 소리는 싱잉볼 표면을 따라 둥글게 돌았다. 악기의 표면에 이는 아주 작은 소용돌이.

소리는 둥글둥글하게 천천히 회전하다가 곧 가속도가 붙었다. 제프리 양이 벌떡 일어나서 허리에 손을 대고 고민하듯 멈춰 있었다. 이 상황을 정확히 파악해 보려고, 아이들의 행동을 번역해 보려고. 싱잉볼 표면을 긁는 소리가 점점 가파르게 빨라졌다. 가파른 음절은 금세 리듬으로 변모했다. 제프리 양의 값비싼 손목시계의 초침, 분침이 소용돌이쳤다. 벽시계의 초침, 분침도 반시계 방향으로 빠르게 돌았다. 그렇게 돌던 시계 침은 사라지고 동그란 시계 안에 소용돌이 모양이 생겼다. 마치 빠르게 회전하는 엔진 속을 들여다보는 것 같았다. 예희가 손가락으로 시계를 가리켰다. 제프리가 시계 쪽으로 고개를 돌렸다. 곧 오로라가 벽에 기대 박수를 치며 노래했다.

"Losing my flow and my memories are so unnatural.(흐름과 기억을 잃는 건 너무 부자연스러워.)"

"뭐라고?"

제프리 양이 시계에 시선을 고정하고 물었다. 시계 표면은 여전히 뱅글뱅글 돌았다.

"빨리 따라 해. 이 노래 제목은 내레이터야. 너 같은 늙은이는 모르는 지금 런던에서 제일 잘나가는 밴드가 부른 노래라고. 따라 해."

오로라가 강압적으로 말한 뒤 노래를 불렀다. 오로라와 예희는 함께 박수를 쳐 노래의 리듬을 맞췄다. 둘은 노래하며 뱅글뱅글 돌았다.

"I am my own narrator. (나는 나 자신의 내레이터야.)"

뱅글뱅글.

"I am my own narrator. (나는 나 자신의 내레이터야.)"

뱅글뱅글.

예희가 카고바지 주머니에서 목이 긴 병을 꺼내 뚜껑을 열었다. 새큼한 향이 코를 찔렀다. 다른 주머니에서 팔로 산토 스머지 스틱을 꺼냈고 다른 주머니에서 라이터를 꺼냈다. 역시 예희의 주머니에서는 못 나올 것이 없었다. 예희가 불이 붙은 나무 스틱에서 나는 연기를 제프리 양의 몸 구석구석에 댔다. 그가 손으로 예희를 밀어내려고 했으나 비껴갔다. 싱잉볼의 소리는 여전히 울렸다. 맑고 청아하고 단정한.

제프리 양은 어쩔 줄 몰라 했다. 지금쯤엔 아마 자기 몸을 가누기 힘들 것이다. 정신은 형형히 맑을지라도 팔다리가 제대로 움직이지 않을 것이다. 제프리 양이 고꾸라졌다. 다리에 힘이 하나도 없어 보였다. 예희가 목이 긴 병에 담긴 적색 오일을 제프리 양의 정수리에 뿌렸다. 제프리 양의 머리카락이 오일에 적셔져 빨갛게 변했다. 예희가 제프리 양을 향해 오일을 뿌리며 혼자 작게 말했다. 간다, 간다. 뿅 간다. 오로라가 옆에서 일정한 간격으로 박수를 쳤다. 짝짝. 짝짝. 짝짝. 뱅글뱅글. 제프리 양의 비싼 롤렉스 시계 유리가 뱅글뱅글.

"간다, 간다. 뿅 간다."

"간다, 간다. 뿅 간다."

제프리 양이 의문스러운 얼굴을 하고 오로라와 예희를 위아래로 훑었다. 예희와 오로라가 함께 박수를 치며 제프리 양의 주위를 공전하듯 돌았다. 제프리 양이 물었다. 짝짝. 짝짝.

"뭔데. 뭐라고?"

예희가 제프리 양의 눈을 똑바로 쳐다보고 말했다.

"너는 간다. 뽕. 간다. 뽕. 우리와 함께 간다. 뽕."

예희가 오로라의 손을 잡고 가볍게 율동하며 다시 말했다. 짝짝.

"우리랑 같이 간다. 뽕, 간다, 뽕."

제프리 양의 동공이 흐려지며 예희를 따라 했다.

"나는 너희랑 같이 간다. 뽕."

하지만 예희는 제프리 양의 어설픈 동작과 목소리가 마음에 들지 않았다. 예희가 발로 제프리 양의 정강이를 찼다. 제프리 양이 고꾸라지며 한마디 내뱉었다. 짝짝. 짝짝.

"뽕."

"그래. 그렇게 뽕."

제프리 양이 엎드려서 허리를 비틀며 리듬을 탔다. 오로라와 예희가 율동하며 제프리 양의 리듬에 따라 박수를 쳤다. 오로라가 흥얼거리며 제프리 양에게 명령했다.

"제프리. 개를 흉내 내보렴."

제프리 양이 수컷 강아지처럼 한쪽 발을 들고 털었다.

"제프리. 판다를 흉내 내보렴."

제프리 양이 발라당 누워서 무얼 씹는 시늉을 했다. 그의 의지와 상관없이 몸이 움직였다. 제프리 양은 자기 몸을 당황스러운 눈치로 뜯어보았다. 오로라가 제프리 양을 향해 무릎을 꿇고 주먹으로 그의 이마를 박았다. 오로라가 말했다.

"뿡이라고 말해."

"뿡."

제프리 양이 대답했다. 예희가 장단을 맞추며 박수를 쳤다. 짝짝. 짝짝. 짝짝. 그가 작게 소리쳤다.

"뿡."

예희가 바지 주머니에서 항아리를 꺼냈다. 뒤이어 나무 장작 수십 개도 꺼냈다. 오로라는 예희를 보조해서 제프리 양의 사무실에 나무 장작을 둥그렇게 쌓았다. 예희가 커다란 토치를 바지 주머니에서 꺼내 오로라에게 건넸다. 오로라는 버튼을 눌러 토치에 불을 붙였다. 나무 장작이 활활 타오르자 예희가 낑낑대며 항아리를 장작 위에 놓았다.

예희의 카고바지 주머니에서 용의 발톱과 지네 다리, 블루베리 다섯 개, 멕시코 과달라하라에서 가져온 신비한 허브 가루가 나왔다. 예희는 항아리에 재료를 넣었다. 오로라가 제프리 양이 마시려고 물을 담아둔 브리타 정수 물병을 가져와 항아리에 부었다. 금방 물이 끓어 수면에 동그라미가 생겼다. 불에 타는 나무에서 불티가 느낌표 모양으로 튀었다. 오로라는 불티의 자국을 눈에 담으며 예희가 하는 퍼포먼스가 유효해지길 간절하게 바랐다.

예희는 주머니에서 꺼낸 주방 가위로 정신이 혼미해져 몸을 가누기 힘든 제프리 양의 머리카락을 잘랐다. 같은 가위로 열 손가락의 손톱도 잘랐다. 예희는 제프리 양의 머리카락 한 줌과 손톱을 보글보글 끓는 항아리 안에 넣었다. 항아리에서 납색 연기가 짙게 튀어 올랐다. 갑자기 고약한 냄새가 오로라와 예희의 코를 찔렀다. 예희가 코를 막고 말했다.

"제프리 양. 당신의 육체는 빈 껍데기가 될 것이다. 당신의 정신은 지옥의 림보 속에 갇힐 것이며 영원히 고통받을 것이다. 이유도 모른 채."

제프리 양은 멍하니 앉아 있었지만 그의 깊은 내면은 예희의 말에 현혹되지 않으려고, 넘어가지 않으려고 노력하는 것처럼 보였다. 예희의 주문이 끝나자 제프리 양이 엎드려서 거하게 방귀를 뀌었다.

"일어나."

예희가 제프리 양에게 말했다. 제프리 양의 동공이 회색빛으로 변했다. 그는 마비된 자신의 이성을 억지로 끌어내려고 애쓰며, 힘겹게 오로라에게 물었다.

"너, 다 기억하는 거야?"

오로라는 제프리의 질문에 기다 아니다 대답하지 않았다. 제프리 양이 의문에 찬 채로 고통받길 원했으니까. 제프리 양은 자기가 유린했던 아이들 때문에 벌을 받는 건지, 어떤 정치적 비리 때문에 고통받는 건지 몰라야만 했다. 제프리 양은 생의 마지막에 이를 때까지 자기가 왜 이런 지경이 됐는지 궁금해해야만 했다.

모르는 게 가장 고통이니까.

"일 층으로 내려가."

오로라가 제대로 일어선 제프리 양에게 말했다. 제프리의 육체는 아이들의 명령에 따라 행동했다. 제프리 양은 직접 엘리베이터 버튼을 눌렀다. 엘리베이터 안에 들어가 직접 일 층을 눌렀다. 일 층에서 문이 열리자 스스로 걸어 뒷문으로 나갔다. 자기 손으로 직접 뒷문을 열었고 자기 의지대로 직접 소혜의 다마스 안에 들어갔다. 오로라와 예희는 제프리 양이라는 어른의 뒤를 따르는 순진무구한 두 아이로 보였다. 일 층 데스크의 경비원조차 제프리 양을 보고 어디 가냐고 묻지 않았다. 경비원에게 어쩌면 이 광경은 익숙한 모습일지도 모르리라. 제프리 양과 그의 뒤를 따르는 연약한 소녀들. 소년들.

오로라는 소혜의 다마스 뒷좌석에 제프리 양을 구겨 넣는 순간, 얼굴을 두건으로 감싸고 청 테이프로 두르는 순간, 양 손목을 케이블 타이로 조이는 순간, 자기에겐 더 이상 오로라빛 미래가 없을 것임을 직감했다. 겨우 열다섯 살인 그는 벌써부터 늙고 저명한 남자를 최면으로 유인했고 납치까지 했다. 앞으로 진행될 일까지 포함한다면 아마 징역을 살 수도 있었다.

오로라는 자신이 성인이 되기 전에 이미 이렇게 범죄에 익숙해졌다는 게 부끄러웠다. 그렇지만 이 범죄는 오로지 악을 행하기 위한 건 아니었는데. 외려 악한 사회가 오로라를 범죄의 길로 등을 떠밀었는데.

오로라는 앞좌석에 앉아서 무릎에 고개를 박고 엎드렸다. 경찰서에서 소혜의 주택으로 오던 날처럼 다리에 얼굴을 파묻었다. 제프리 양은 최면 상태라 고요했다. 예희가 제프리 양 옆에 앉아 감시하기로 했다. 소혜가 시동을 걸었고 P읍에서 가장 큰 복지 회관을 떠나 집으로 향했다. 차가 덜컹댈 때마다 무릎이 오로라의 얼굴을 박았고, 아팠다. 아팠고 쓰렸지만 이 모든 고통을 감내해야만 했다. 제프리 양을 납치한 뒤 한 질문이 무섭도록 오로라를 잠식했다. 도대체 내가 누구냐, 하는 근원적인 물음이었다.

지금 이 상황에서 왜 그런 걸 생각해? 제프리 양을 어떻게 처리할지 네가 계획한 대로 진행해야 하는 거 아니야? 오로라의 본질적인 질문 사이로 다른 자아가 파고들었다.

몰라.

모르겠어.

오로라가 고개를 들고 눈을 감았다. 어둠으로 도피했다. 다마스의 과격한 승차감으로부터, P읍으로 대표되는 현실로부터, 제프리 양이 상징하는 폭력적인 악몽으로부터 도피했다. 그렇다면 오로라가 대표하는 건 무엇일까, 발광과 마찰? 운전하던 소혜가 뒤를 돌아보지 않고 정면을 응시한 채 오로라에게 물었다.

"기분이 어때?"

"모르겠어요."

오로라가 대답했다. 소혜는 운전대를 잡은 손을 폈다 접었다 했다. 여름이 지나가고 있었다. 운전석 쪽 창문을 여니 제법 쇳내가 감도는 바람이 들어와 오로라의 동그란 머리통을 간질였다.

소혜의 주택에 도착했다. 제프리는 순순히 주택 대문 쪽으로 향했다. P읍은 늘 그랬듯 아주 작고 후미진, 아무도 신경 쓰지 않는 작은 동네였기에 CCTV 따위를 설치할 경제적 여력이 없었다. 그 어떤 증거도 남지 않으리라.

예희는 '비열한 제프리 양의 생애 마지막 순간'이라는 이름의 계획을 실행하기 위해 자기 방에서 물건을 싹 뺐다. 제프리 양이 예희의 방이었던 곳으로 걸어갔다. 빈방으로 잠깐 남겨졌던 공간에 새 주인이 들어섰다. 제프리 양 말이다.

오로라는 신당으로 쓰던 방문을 잠그는 소혜에게 물었다.

"옆방에 제프리 양을 가뒀다고 동자신이 노하지 않을까요?"

"글쎄."

소혜가 대답했다.

그날 또 슈퍼문이 떴다는 뉴스가 한창이었다. 지난번에 슈퍼문이 뜬 지 얼마 되지 않았음에도 또 그런 현상이 나타난 것이다. 게다가 이번 슈퍼문의 색은 노랗거나 주황색인 대신 핑크빛을 띤다고 했다. 오로라와 예희, Q 선생이 거실 바닥에 앉아 텔레비전 뉴스를 함께 보았다. 오로라는 달이 이 독특한 핑크빛을 띠는 원인이 자연의 신비와 궁금증에 쌓여 영원히 원인불명이길 바랐다. 그러나 뉴스에서는 공해와 기온 변화로 인한 이상 현상이라고 했다.

핑크문은 실상 인간의 이기심에서 온 왜곡된 아름다움이었고, 자신의 이름도 그렇다고, 오로라가 생각했다. 대마초 환각에 빠져 본 가짜 오로라 사이에서 태어난 아이, 부의 정당한 분배와 노블레스 오블리주라는 가짜 장막 밑에서 은밀하게 피해받은 아이가 자신이었으니까.

아.

씨빌.

존나.

개같네.

소혜는 오늘 밤부터 한 달 동안 산을 돌며 신에게 빌러 다닐 거라고 했다. 무얼 빌려 하냐고 오로라가 물었다. 소혜는 무당이라면 점사를 봐주고 돈을 버는 것보다 기도를 일 순위로 두고 최대한 많이 빌어야 한다고, 동문서답했다. 적어도 한 달 동안은 오로라에게 집에서 일 처리를 할 시간적 여유가 생긴 것이다. 새벽이 되었다. 소혜는 나갔다. 텔레비전은 어느새 꺼져 있었다. 예희와 Q 선생, 오로라의 순서대로 바다에 요를 깔고 누워 잠을 청했다. 준비됐냐고, 오로라가 Q 선생에게 한국말로 물었다. 그새 한국말이 는 Q 선생이 응, 이라고 말하며 휴대전화를 넘겼다.

Q 선생이 보여준 페이지는 네이버 블로그였다. 블로그에는 오로라와 광지, 노아가 공통으로 꾸었던 꿈이 기록되어 있었다. 지금 와서 보니 Q 선생이 이 모든 것의 시작이자 원점이었다. 여기까지 와서야 Q 선생이 받은 일명 계시라는 것이 진짜였을지도 모른다는 생각이 들었다.

여기까지 와서야.

이 지경이 되고 나서야.

Q 선생이 블로그의 글을 가리키며 말했다.

"Girls and boys will be visiting this webpage.(소녀와 소년들이 이 웹사이트에 방문하게 될 거야.)"

"잘 옮겨 썼네요. 한글 타자 옮겨 쓰는 것 어렵지 않았어요?"

"I can just copy and paste.(나는 그냥 복사해서 붙였을 뿐이야.)"

그런 뒤 휴대전화를 가져가 오로라에게 이미지 하나를 보냈다. QR코드였다. 오로라가 Q 선생에게서 받은 코드를 자기 휴대전화에 저장하고 말했다.

"선생님이 믿는 하나님이 선생님을 자랑스러워할 것 같아요."

Q 선생은 오로라가 그런 말을 한 게 놀랍다는 듯이 눈썹을 추켜세워 과장되게 웃었다. Q 선생이 마치 조롱하듯이 말했다.

"오. 하나님. 하나님."

어느새 Q 선생과 예희는 깊은 잠에 빠져들었다. 오로라는 거실, 그 거실, 광지와 함께 누웠던 거실 바닥에 누워 마음의 소리를 들어보려고 애썼다. 광지와 연결되어 '우리'가 되었던 그 찰나의 시간을 떠올리며. 그때만 가능했던 내면 대화의 메커니즘을 기억해 보려고 노력하며. 그러나 '우리'라는 주어로 산다는 건 애쓴다고 되는 일이 아니었다. '우리'의 구성요소였던 오로라와 광지, 노아 모두 이승에서 살아 숨 쉴 때만 가능한 것이었다. 광지와 노아는 저승으로 떠난 지 오래였고 홀로 남은 오로라는 아무것도 할 수 없었다.

오로라는 아무것도 할 수 없다는 무력감에 지쳐 초점 잃은 눈으로 사위를 살폈다. Q 선생과 예희의 얼굴에 사선으로 핑크색 빛이 서렸다. 오로라가 이불을 걷고 자리에 앉았다. 핑크 문이 베란다 가까이 다가와 표면이 보일 정도였다. 오로라는 베란다로 가서 분홍색과 청록색, 옅은 푸른색이 섞여 휘도는 달의 표면 가까이로 갔다. 기다렸다. 이건 꿈일까. 꿈일 거야. 꿈이 아닐지도 모르지. 손을 뻗어 달의 표면을 만지려고 하자 타들어 가는 것 같았다.

꿈이었구나.

다음 날 오로라와 예희는 백 씨네 농장에 가서 도끼와 곡괭이, 삽, 바이스, 펜치, 빠루와 밧줄, 과도를 빌려왔다. 백 씨는 P읍에 정말 많은 농장을 가지고 있는 자산가였다. 돼지 농장이 너무 커서 백 씨가 직접 관리할 수는 없었기에 사람을 붙였다. 소혜의 주택과 가까운 곳에 돼지 농장이 있었다. 거길 에이바 언니가 관리했다. 과묵하고 골초인 언니였고 덩치가 컸다. 한국 사람은 아니었지만 한국어를 곧잘 했다. P읍의 그 누구도 에이바 언니가 어느 나라에서 왔는지, 왜 왔는지 몰랐다. 그냥 그 언니는 일을 잘하는 믿음직한 언니였다.

에이바 언니는 백 씨만큼이나 대단히 계산적인 인물이었으므로 손에 현금만 쥐여주면 돼지 농장에서 뭐든 빌려줬다.

오로라가 에이바 언니에게 돈을 주고 빌린 게 그 연장들이었다. 만 원을 더 주자, 언니는 도끼와 곡괭이, 빠루, 삽 따위의 무거운 물건을 이동하는데 용이한 수레도 빌려주었다. 오로라와 예희는 무거운 장비가 담긴 수레를 밀어 집으로 향했다. 집으로 가는 동안 수레의 바퀴가 흙바닥을 긁는 소리가 리듬감 있게 시끄러웠다. '비열한 제프리 양의 생애 마지막 순간'이라는 희곡의 오프닝 효과음인 것처럼.

오로라는 제프리 양이 감금된 방 앞에 안 쓰는 탁자 하나를 가져왔다. 탁자 위에 연장을 올려놓았다. 오로라는 이 흉악한 무기를 오로라가 앞으로 초대할 누군가들이 사용하리라 생각하지는 않았다. 사실 오로라가 이 도구들을 가져온 이유는 피해자인 우리 소녀/소년들도 이런 무기를 손에 쥘 수 있고, 이걸로 가해자를 겁박할 수 있는 위치에 있다는 걸 보여주기 위함이었다. 일종의 상징물이랄까. 이제 모든 틀은 갖추어졌고 '우리'를 집합시켜야 했다.

오로라와 예희, Q 선생은 각자 P읍내의 보육원과 중학교, 가출한 아이들의 아지트로 뿔뿔이 흩어졌다. 세 사람은 아이들이 몰려 있는 곳으로 가서 무작위로 QR코드를 에어드롭으로 날렸다. 오로라와 같은 꿈을 꾸었거나, 꾸고 있는 친구들에게 보내는 초대장이었다. 초대장에 있는 QR코드를 스캔하면 Q 선생이 정성스럽게 옮겨 쓴 꿈 내용과 소혜의 주택 주소가 적힌 블로그 페이지로 연결이 되었다. 별다른 설명을 포함할 필요는 없었다. 이 빌어먹을 악몽의 내용을 읽는 순간, '우리들'의 친구들은, 동료들은 오로라와 광지, 노아가 느꼈던 설명 불가능한 위화감에 빠져들 것이다. 꿈을 해석하고 싶은 욕망에 무릎을 꿇고 소혜의 주택으로 오거나, 아니면 내면의 가장 깊숙한 곳으로 꿈을 밀어 넣을 것이다.

오로라는 '우리'가 어떤 것을 선택해도 괜찮았다. 그저 P읍에 또 다른 사드락, 메삭, 아벳느고 들이 있다는 사실만 확인한다고 할지라도 괜찮았다.

물론 어떤 일이 일어날지는 두고 봐야 하지만.

우리들과 같은 꿈을 꾼 친구들에게
꿈속에서 바다에 도달한 친구들에게
꿈속에서 자동차를 타고 질주한 친구들에게
꿈속에서 자주색 비를 맞은 친구들에게
매일 같은 악몽을 꾸는 친구들에게

우리들을 보러 오세요
답을 알려줄게요

오로라와 예희, Q 선생이 에어드롭을 날린 당일, 생각지도 못하게 첫 손님이 소혜의 주택으로 찾아왔다. 오로라와 예희 둘 다 처음 보는 아이였다. 아이는 자기가 P읍에 하나밖에 없는 중학교에 다닌다고 했다. 익명을 요청한 그 아이는 공교육에 도저히 적응하지 못해서 행아복의 섬에서 잠깐 교육을 받았고 이해할 수 없는 부인과 질병을 얻어 다시 중학교로 돌아온 케이스였다.

M이라는 그 아이가 주택 문을 열고 들어왔다. 오로라는 그 아이의 주위에 무지갯빛 후광이 서린 걸 바로 알아차렸다. 광지를 처음 본 날 보았던 그 동그란 풍선껌. 또한 노아의 블로그 기록을 읽으며 마음에 닿았던 복잡했던 안도감과 미지의 기쁨 역시. 오로라가 처한 상황은 그 누구의 것보다도 가혹했고 염려스러웠고 실패로 귀결됨이 분명했다. 동시에 희망찼고 꿈에 그리던 친구들을 만났고 마침내 친구들의 어깨에 기댈 수도 있음을 깨달았다. 오로라의 어떤 이율배반적인 미래. 과거와 현재.

오로라는 만약 다시 춤을 춘다면 쓰러지더라도 M에게, 아니 M을 포함한 우리의 어깨에 기댈 수 있을 것이다. 오로라는, 비로소, 깨달았다. 이 아이는 깨달음이라는 현학적인 단어에 자신을 내맡겼다. 오로라가 M에게 말했다.

"나는 너를 정말 그리워했어."

M은 잠깐 멈추었다. 오로라가 M의 깊은 곳에 있는 그 무

언가를 건드린 것이 분명했다. M은 금방 평정을 찾았고 오로라를 찬찬히 위아래로 훑어보았다. 그 아이가 말했다.

"우리 만난 적 있어?"

"아니."

오로라가 대답했다.

M.

아이는 정말이지 그 어떠한 문제도 없어 보였다. 모든 것에 감흥이 없다는 중학교 아이들 특유의 표정에 앞머리에 핑크색 헤어 롤을 말 그런 아이. 오로라와 예희는 M을 거실로 불러 앉혔다. 아이에게 체리콕과 눈을 감자, 포카칩과 블루베리 스콘을 내주고 이런저런 이야기를 하려고 운을 떼려는데, M이 먼저 선수를 쳤다.

"그런데 꿈에 빠진 내용이 있어. 내 꿈에서는 내가 그 산맥 안으로 들어가거든."

오로라가 과자를 먹다 말고 M에게 집중했다. 오로라가 계속하라는 시늉을 했다. M이 말했다.

"산맥 안으로 들어가면 그때, 그…… 그게 말이야. 그때 일이 계속해서 반복해 나타나. 제프리 양 그 아저씨 말이야."

"그 아저씨가 뭘?"

오로라가 물었다. M이 모르냐는 눈빛으로 물었다.

"너네는 그 아저씨가 뭘 했는지 기억 안 나?"

"몰랐는데 어쩌다가 알게 되었어."

"어떻게?"

오로라가 손톱을 내려다보며 대답하지 못했다. M의 얼굴에서 무언가 무너져 내리는, 하강하는, 추락하는 어떤 감정이 스쳤다 금방 사라졌다. 아이는 평정을 되찾고 말했다.

"나는 똑똑히 다 기억해."

오로라가 대답하지 않자 M이 눈을 가늘게 뜨고 말했다.

"네가 아이들을 모으는 이유 말이야. 내가 생각해 봤는데, 상처받은 사람들끼리 함께 모여서 치유하기 위한 그런 거지?"

오로라가 우리의 모임은 그런 모임은 아니지만 M의 생각도 좋은 것 같다고 말했다. 모여서 대화하는 것. 그 정신 나간 섬에서 일어난 일 중 기억할 수 없는 부분을 대화로 채워나가는 것. 군집하는 것, 모이는 것, 집단을 이루는 것. 주어를 나로부터 우리로 확장하는 것. 예희는 M이 블루베리 스콘을 먹을 필요가 없다는 걸 알고 접시를 치웠다. 오로라가 M을 제프리 양이 있는 방으로 인도했다. M은 아무것도 두렵지 않은 사람처럼 성큼성큼 걸어 오로라와 함께 방 앞에 섰다. 오로라는 M에게 이 방 안에 우리의 모든 비극의 근원이 있으므로 들어가서 해소해도 된다고 했다. 그런 뒤 물었다.

"하지만 너는 해소할 게 없지? 괜찮아 보여서. 어떻게 이겨낸 거야?"

말간 M의 얼굴이 계절이 바뀌듯 변했다. 봄에서 겨울로, 순식간에. M이 휘청거려 오로라가 그의 손목을 잡았다. M은 한참 동안 자기 손목을 잡은 오로라의 손목을 쏘아보다가 주저앉았다. 아직 벗어나지 않았어. M이 희미하게 말했다. 그의 입가에 침이 고였다. 예희가 진정하라고 차를 끓여 왔고 오로라가 거듭 사과했다. 이 모든 소동이 끝나고 난 뒤 M이 가장 첫 번째로 한 말은 '싫어'였다.

싫어, 라는 말이 가장 하고 싶었다고, M이 말했다. M은 오로라를 대동해 조심스럽게 제프리 양이 있는 방으로 입장했다. 제프리 양은 사지가 의자에 단단히 묶여서 움직일 수 없는 상태였다. 청 테이프로 얼굴을 묶어놔서 앞도 볼 수 없는 상태였다. M은 양손을 잡아 비틀며 한동안 거친 숨만 내뱉었다. 그리고 말했다.

"앞으로 일어날 일은 그냥 악몽이라고 생각해."

꽤나 많은 아이가 소혜의 주택에 찾아왔다. 아이들은 대부분 M처럼 오로라에게 물었다. 우리 혹시 만난 적 있어?

아이들이 오고 다시 나갔다. 아이들이 왔다. 아이들이 갔다. 아이들이 오갔다.

제프리 양이 한 일을 기억하지 못했던 아이들이, 그때의 일을 똑똑히 기억하는 아이들이, 블루베리 스콘을 먹고 기억을 되찾은 아이들이, 같은 건물에 제프리 양이 있다는 걸 안 순간 보인 반응은 경악이었다. 별 탈 없이 당당했고 때로는 명랑했으며 과거에 전혀 연연하지 않는 건강한 삶을 살던, 고통받으며 조용히 눈물을 흘리던, 아직도 트라우마에 시달려 프로틴을 복용하던, 반복되는 악몽에 잠을 자지 못하던 아이들 모두 M처럼 경악했던 것이다.

아이들은 제각각 무지갯빛, 오로라색 풍선껌의 후광을 달고 오로라에게 방문했다. 소혜와 예희의 보금자리 곳곳에, 쉽사리 찾기 힘든 구석까지 비눗방울로 가득 찼다.

오로라는 아이들의 섬세한 정서를 전혀 고려하지 않고 제프리 양부터 납치해 온 자신을 원망했다. 예희에게 지금이라도 제프리 양을 제자리로 돌려보내는 게 어떠냐고 물어보았지만 돌아오는 대답은 아직은 안 된다, 였다. 아이들, '우리'가 원하는 게 분명히 있다고. '우리'는 잠깐 생각할 시간이 필요할 뿐이라고. 아이들을 우선 내버려둬 봐. 우리가 지금 바로 제프리 양에게 무얼 하지는 않을 거지만, 건들지는 않을 거지만, 그 사람을 바깥으로 풀어주지는 말아봐.

나는, 나는, 나는.
우리는, 우리는, 우리는…….
우리가 뭘 할 거냐면…….

벌써 뉴스에서는 제프리 양이 실종된 지 일주일째라고 떠들고 있었다.

 "근데 우리가 잠깐 실종되었을 때, 노아의 직장이 90퍼센트 훼손되었을 때, 광지와 노아가 죽었을 때는 왜 저렇게 호들갑을 안 떨었지?"

 뉴스를 보던 M이 말했다.

 제프리 양은 P읍이라는, 아주 작은 마을 아이들을 자기 사유재산처럼 자유롭게 소비했다. 그는 그 누구도 신경 쓰지 않는, GTX가 아니었으면 존재 자체가 희미했을 자그마한 읍내에서 군림하면 한국의 그 누구도 이 사태에 관해 모를 거라 확신했다. 동시에 이 작은 동네의 아이들이 한곳에 모여서 꿈에 대해 이야기를 나눌 거라고 상상조차 하지 못했다. 그의 예상대로 역사는, 대중들은, 그의 정치·경제적 파트너들은 영영 P읍의 아이들에 관해 모를 수도 있다. 그러나 적어도 P읍의 아이들은 서로 이 사실을 공유했다.

 QR코드를 통해 소혜의 주택에 온 아이들은 총 열두 명이었다. M의 의견에 따르면 블로그에 쓰인 꿈 내용만 읽고도 질겁해서, 행아복의 섬 이야기는 꺼내지 말라고 몸서리친 아이들도 꽤 있다고 했다. 제프리 양은 도대체 얼마나 많은 아이들을 건드린 걸까.

오로라와 예희(예희는 피해자는 아니었지만 일련의 치유 퍼포먼스를 실행한다는 점에서 '우리들' 중 하나였다), M과 열두 명의 아이들은 일종의 군집을 이루었다. 그리고 우리는 서로를…… 마녀라고 부르기 시작했다. 마녀의 집회는 매일 방과 후 열렸다. 여섯 시, 소혜네 집 거실에서. 주로 충격적인 과거의 아픔을 씻는 의식이 진행되었다.

의식이 진행되는 동안, 소녀/소년들은 거실에 나란히 누워서 서로의 손을 잡았다. 모두 같은 악몽에 시달리던 아이들이었다. 블로그의 글을 읽고 소혜의 집에 찾아온 아이들이었다. 예희가 구워준 블루베리 스콘을 먹고 자신을 해했던 사람이 다름 아닌 제프리 양임을 확인한 아이들이었다. Q 선생은 예희의 지시에 따라서 향을 피웠다. 향이 거실을 맴돌다가 누워 있는 아이들의 몸에 내려앉았다. 예희가 조용히 연주하는 싱잉볼 소리에 맞추어서, 아이들은 오로라의 말을 천천히 따라 했다. 벽에 걸린 시계 표면에서 소용돌이가 일었다. 뱅글뱅글.

나는, 나는, 나는.
우리는, 우리는, 우리는.
이것은 나의 상처만이 아니라 우리 모두의 상처이니, 우리'들'은 서로를 지탱할 것이다.

의식을 치르고 제프리 양과 마주하기로 결심한 몇몇 아이들도 있었다. 그 아이들은 삽과 낫과 도끼와 밧줄을 들고 제프리 양이 있는 방으로 들어갔다.

방으로 들어간 아이들이 자기 기분대로 제프리 양을 대할 동안, 오로라는 남은 아이들에게 '나'라는 대명사와 '우리'라는 대명사의 합일에 대해 작은 연설을 했다. 이야기를 들은 M이 '우리들'의 모임을 '우리들이라는 마녀들의 모임'이라고 이름 짓자고 했다. 그렇다면 우리는 일인칭일까, 삼인칭일까? '우리들'에는 꼭 살아 있는 자만이 포함되어야 할까, 망자는? 이 상황을 모르고 있는, 안전한 여건의 소녀/소년들은 배제해야 하는 걸까. '우리'는 배제와 비밀이 싫었다. 지독하게도 싫었기에 '우리들'이 됨은 언제나 자유의지에 근거할 것이며, '우리들'에게 허가된 배제는 오로지 배척뿐임을 선포했다. 과거와 현재, 미래와 소멸, 생성까지도 전부 '우리들'에게 포함될 것이다.

오로라는 대명사와 인칭에 관해 예희와 많은 대화를 나누었다. 하지만 대화는 언제나 깊은 한숨으로 끝날 뿐이었다.

어느 날 예희가 '우리'를 한데 모았다. '우리들'은 거실에 동그랗게 앉았고 예희는 중심에 가부좌를 틀고 앉았다. 예희는 살짝 구겨진 종이를 들고 뜸을 들였다. 이내 '우리들'의 문학적 어머니 올가 토카르추크가 생각해 낸 4인칭 개념을 소개하고 싶다고 했다. 그는 종이를 읽어 내려갔다. ……다정한 서

술자라는 혁신적인 개념을…… '우리들'이라는 4인칭. 우리에겐 삼차원에서 도약할 새로운 인칭이……. 오로라의 귓가에 누군가 속삭였다. 그가 경련하며 주위를 둘러보았지만 아무도 없었다. 하지만 '우리들'이 모인 이 공간에는 삼차원에서는 인식할 수 없을 다른 차원의 실재가 있는 것만은 명확했다. 동시에 무언가 알아냈다는 쾌감에 4인칭이라는 단어를 평온하게 읊조렸다. 4인칭, 4인칭.

4인칭.

그리고 오로라가 허공을 향해 외쳤다.

"광지야? 노아? 거기 있어?"

대답이 없었다.

4인칭 '우리들'의 기억이 이어진다면 P읍에서 태어나고 자랄 모든 아이들의 공통 기억에 제프리 양의 악랄한 과거가 각인될지도 몰랐다. 그러므로 '우리들', 4인칭들은 기억을 이어가야 했고, 계속해서 같은 꿈을 꾸는 아이들을 찾아야 했고, 치유해야 했다. 사람들은 변두리 작은 읍내의 아이들이 말하는 이야기를 듣지 않겠지만.

그래도.

그래도.

어, 맞아. 그래도.

언젠가는.

막 블루베리 스콘을 먹고 진실의 환각 상태에 빠진 아이들, 널브러진 아이들, 제프리 양의 방에서 막 나온 아이들, 오로라와 예희, Q 선생님과 M. '우리들이라는 4인칭 마녀들의 모임'.

어, 맞아. 언젠가는 그럴 거야. 여기 있는, 있을, 아이들이 모두 '우리들'이 된다면 돌파구를 찾을 거야. 그 돌파구가 아주 좁고 들어가기 힘들지라도.

맞아.

언젠가는.

그 모든 절차는 '우리들'이 '우리들' 자신의 4인칭 내레이터가 되는 과정이었다.

제프리 양은 오로라에게 납치된 이후 매일 같은 꿈을 꾸었다. 제프리 양이 해한 아이들이 매일 같은 꿈을 꾸었던 것처럼.

꿈.

제프리 양의 시야에 펼쳐진 광경은 강이었다. 그가 이전에 알던 모습과는 확연히 다른 색의 강. 강의 표면은 검었다. 강의 수평선에 핑크색 달이 맞닿아 빛을 발산했다. 윤슬은 핑크색과 푸른색이 섞인 오묘한 색으로 빛났다. 아니, 빛났다기보다는 누군가를 위협하는 것 같았다. 반사된 빛의 모서리가 그를 찌를 듯 강렬했다.

제프리 양은 일평생 누군가를 설득해 냈다. 돈으로 안 되면 육체를 바쳐서라도 누군가를 설득해 왔던 더러운 일생이었다. 그는 기껏 윤슬, 자연이라는 하찮은 존재가 (게다가 윤슬이라는 빛남이 세상에 기여하는 바가 있던가? 나처럼 말이다. 끽해야 기초 수준 동네 문화센터의 자칭 화가들의 그림 소재나 되겠지?) 자길 위협하려 했다는 것이 참으로 가소롭게 다가왔다. 푸하, 푸하하. 그가 웃었다. 웃으려고 노력했지만 속에 무언가 걸린 느낌이 들었다. 그가 다시 푸하, 푸하하 하고 웃자 골통까지 아파졌다. 아니. 골통이라기보다는 어디인지 정확히 지칭할 수 없는 부위가 굉장히 아팠다. 통증에 미칠 지경이었다.

골통이 아닐 수도 있었다. 그러니까 제프리 양은 인간이 아닌 것 같았다. 제프리 양에게는 골통이라는 부위가 없을 수도 있었다.

그러니까 제프리 양의 육체가 새로운 종으로 변환한 것이다. 분명 변신한 건 확실했는데 도무지 무엇으로 변했는지 알아차릴 수는 없었다. 그는 답답한 가슴을 손으로 두드려보고 했다. 쉽지 않았다. 사지를 움직일 수 없었다. 꼭 사지가 없어지고 하나의 단일한 모양으로 변화한 것만 같았다.

답답했다.

그래서 그는 평소에 하던 대로 했다. 허공에 대고 욕을 내뱉고 탓할 누군가들 찾는 것. 하나 그의 주위에는 아무도 없었다. 그 누구도. 비싼 위스키와 함께 즐거운 밤을 보내던 친구들도, 동료들도, 입맛대로 기사를 써주던 기자들도, 어린아이들도 없었다. 고요했다. 간헐적으로 부는 바람에 따라 느긋하게 움직이는 물소리를 제외하고는 그 어떤 소음도 없었다. 왁자지껄한 야부, 술잔이 부딪치는 소리(그러다 잔이 깨지고), 다투고, 돈을 주고받는 그런 소리들이 없었다. 자연은 철저히 제프리 양을 무시했다. 자연 속의 그는 제프리 양이라는 사람이 아니라 이름 없는 남자에 불과했다.

밤이 지나고 새벽이 희붐하게 밝아왔다. 핑크색 달이 물러나고 태양이 자리를 잡으려고 할 때 태양 대신 먹구름이 온통 하늘에 나타났다. 먹구름은 수분을 탄탄하게 머금었다. 금방이라도 비가 올 태세였다. 아침임에도 불구하고 사방이 모두 검붉게 변했다. 어디선가 산불이 났고 구름이 불을 반사하는 것처럼 붉었다. 제프리 양은 이토록 기이한 풍경은 본 적이 없었다. 불길한 징조였다. 제프리 양은 온 힘을 다해서 비서의 이름을 불렀다. 비서는 없었다. 대신 자동차 공회전 소리만큼이나 듣기 불쾌한 천둥소리가 그를 에워쌌다.

아, 정말이지, 오줌을 지릴 것만 같았다.

천둥소리는 앞으로 이어질 진기한 장관의 프롤로그였다. 통통했던 구름이 서서히 부풀다가 비를 토해냈다. 비는 핏빛이었다. 짙은 홍색 혹은 자주색. 살면서 자색 비는 처음 보는 것이었다. 비극적이었고 동시에 엄청났다. 문제는 굵은 비가 화살촉처럼 제프리 양의 단단한 몸을 부수기 시작했다는 것이다.

제프리 양은 그제야 알았다. 그는 강에 임한 거대한 산맥이었다. 인류가 태어나기 전부터 자리를 지켰고 인간 세상의 모든 소동이 끝나고 나서도 한참 동안 자리를 지켜야 하는 산맥이었다. 그는 자연을 정복해야 할 대상 혹은 인생의 배경 따위로 여겼기에, 자신이 자연으로 변했다는 것이 서글펐다. 그가 어린아이처럼 울기 시작했다.

빨간색 빗줄기가 점점 굵어졌다. 강도 역시 거세졌다. 빗줄기가 산맥에 쏟아질 때마다 산맥의 일부가 무너졌다. 곳곳에 구멍이 생겨 물이 줄줄 샜다. 하늘이 부글댔다. 마치 설사가 나오기 직전에 뱃속이 부글대는 것처럼. 으. 더러워. 제프리 양이 진저리 쳤다. 하늘에서 벼락이 떨어졌다. 벼락은 다른 곳에는 전혀 내리지 않았다. 오로지 제프리 양이라는 산맥 그 자체에 정통으로 꽂혔다. 수십 개, 수백 개, 수천 개의 벼락이. 벼락은 산맥 곳곳을 관통했다. 인간이 상상할 수 없는 거대한 바늘과도 같은 벼락. 벼락은 산맥을 집요하게 산산이 조각내기 시작했다. 마치 산맥을 붕괴시키는 것만이 목적인 것처럼. 산맥 일부가 잘려 나갔다. 부서졌다. 내려앉았다. 반으로 갈렸다.

처음에는 고통이 느껴지시 않았다. 제프리 양이 평생 경험해 보지 못한 고통이었기 때문이다. 이게 고통인가. 이런 걸 고통이라고 할 수 있나? 이런 식으로 아픈 게 가능한가.

제프리 양의 몸이 기가 막힌 모양으로 뒤틀렸다. 산맥 곳곳이 널렸던 메마른 잔디밭은 이미 벗겨졌다. 다 죽어가던 나무는 모조리 뽑혔다. 산맥에 깊숙이 내렸던 나무뿌리가 뽑히자 뿌리 모양대로 산맥 돌바닥이 찢겨 내려갔다. 자색 장대비와 벼락이 도려낸 구덩이 곳곳에서 다리가 수백 개 달린 불투명한 벌레들이 기어다녔다. 벌레들은 제프리 양에게 생소한 전염병을 전파했다. 제프리 양, 그 거대한 산맥은 곪고 부스러졌다. 그는 고통의 마지노선에 닿을 것이고 곧 무감각해지리라. 그러나 그러지 못했다. 고통은 언제나 최대치를 경신했다. 눈물마저 말라버렸고, 결코 찾지 않던 신과 자연에 눈을 감고 기도를 했다.

제발 저를 살려주소서. 신이 있다면 저를 제발 살려주소서.

비록 엿 같은 인생을 살긴 했습니다만 저를 살려주소서.

일시적으로 천둥과 비가 멈추었다.

이건 꿈일 거야.

꿈이야.

저는 저 나름대로 거짓 없이 청렴하게 살아왔습니다. 그런데 왜 이런 시련을.

꿈이 분명해. 식도에 가래가 들끓고 팔다리가 쓰라리고 온몸이 피범벅에 빈혈이 오는 것 같지만 꿈이야. 꿈일 수밖에 없어. 어떤 꿈은 정말 생생해서 고통까지 느낄 수 있다고 들었어. 그러니 이건 꿈이야. 지독한 꿈이야.

날씨가 갰지만 여전히 밤이었다. 끝없는 밤이 지속됐다. 그러나 제프리 양은 더 이상 인간이 아니었기에 날짜 감각을 잊어버렸다. 얼마만큼이 지났는지 그는 결코, 알지 못할 것이다.

사물의 상태로 그렇게 적요한 고독의 시간이 흘렀다.

이건 꿈이야. 그렇지만 꿈이라고 해서 달라지는 게 있나?

짧은 소강상태 끝에 제프리 양이 눈을 떴다. 그의 눈앞에는 검붉은색 수증기가 뭉게뭉게 뭉쳐 공중에 떠 있었다. 수증기는 대중없이 공중에서 떠돌다가 도끼날 모양으로 변했다. 검붉은 도끼의 날이 제프리 양을 찍기 시작했다.

산맥 내부가 온통 흔들릴 정도로. 두통이 올 정도로.

아. 두통이 아니잖아.

내겐 골통이 없으니까. 그저 어떤 한 부위에 통증이 왔다고 치자.

도끼의 모양이 다시 송곳의 날로, 과도의 칼날로, 낫으로, 밧줄로 변환되었다. 제프리 양이라는 산맥을 둘러싼 사위에 희붐하게 안개가 꼈다. 제프리 양은 불투명한 안개 사이로 붉게 빛나는 도끼의 칼날을 목격했다. 도끼가 제프리 양이라는 산맥을 무자비하게 내리쳤다. 육체가 사라졌다고 해서 아프지 않은 건 아니었다. 어쩌면 고통은 인간이었던 시절보다 컸다.

빌어먹을 삶보다 컸다. 사실 그가 살았던 화미로운 삶은 더 이상 생각나지 않았다. 오로지 뼈근한 근육통, 아니 괴로움이라는 실체 없는 추상만이 그의 세포를 잠식했다.

    제프리 양은 그가 겪는 일련의 모든 사건이 왜 일어났는지 잘 알 수 없었다. 짐작 가는 바는 있었지만 그게 이렇게 고문받을 정도로 심각한 일인가 싶기도 했다. 그는 평생 그따위로 살았고 주변 사람들도 다 그따위로 살았기 때문이다. 그따위로 사는 것이 때로는 올곧게 다가왔다. 그따위로 살지 않으면 삶을 손해 보는 거라고 말한 사람도 많았다. 제프리 양의 선배들, 역사적인 뿌리를 거슬러 올라가면 아마 고대까지 이어질 권력자 선배들은 다 그딴 식으로 살았고 역사책에 이름도 남겼으니까. 하지만 이따위 실체 없는, 흐물흐물한 공포라니! 축축하고 더럽고 음산하고 음침한 공포라니! 그렇기에 옅은 안개 사이로 도끼의 날이라는 구체적 실체가 등장했을 때 외려 반갑기까지 했다.

    하지만 반가움은 이어질 공격의 달콤한 역설이었을 뿐. 그 모든 무기는 제프리 양이라는 거대한 산맥을 깨부수는 데 집중했다. 존재 이유가 오로지 그것 하나밖에 없는 듯. (그 사이로 어느 존재가 깔깔 웃는 소리가 들렸다. 어디 있지?) 제프리 양은 고통에 몸부림쳤다. 그렇지만 몸부림은 그저 내면의 바람에 불과했다. (그 존재의 깔깔댐은 가녀린 목소리를 띠었다. 도대체 어디서 누가 웃는 거야?) 거대한 산맥은 땅이 갈라지지 않는 한 움직일 수 없었다. (그 존재의 웃음은 마치 열다섯 살 여자아이의 것처럼.)

지구가 박살 나지 않는 한 제프리 양은 고통받을 것이다.

피로 물들 것이다.

아마 이건 나의 꿈이 아닐 거야. 내 꿈이 이럴 리가 없어. 지금 말하는 주체 역시 내가 아닐 거야. 제프리 양이 아닌 다른 누군가의 꿈. 나의 꿈은 이럴 리가 없으니까.

제프리 양은 결코 자신의 내레이터가 될 수 없었다. 그와 그의 선배들은 스스로 삶을 책임지며, 역사를 휘두르며, 자신만의 목소리를 가지고 살았노라 으스댔다. 그러나 그들의 목소리는 언제나 배제와 처단을 전제로 깔았고 '우리'가 택한 삶의 방식과는 판연하게 달랐다. 제프리 양은 결코, 다시는, 자신의 내레이터가 될 수 없었다.

'우리'가 자신의 내레이터가 되었을 때.

오. 비열하고 저열한 자여.

'비열한 제프리 양의 생애 마지막 순간'

제프리 양의 악몽은 악몽이 아니었다. 진짜였다. 그를 해한 자주색 장대비는 소녀들과 소년들이 든 무기의 날카로운 끝이었다. 제프리 양이 끝끝내 인식하지 못했던 분노의 근원은 그에게 학대당한 소녀들과 소년들에게서 왔다. 그렇지만 제프리 양은 본인에게 폭력을 가한 자들이 소녀들과 소년들일 거라고 끝끝내 생각해 내지 못했다.

미련하게도.

제프리 양 같은 기성 세계관에 살던 어른들은 소녀/소년이라는 존재가 어떤 속성을 가지고 있다고 생각할까. 왜 사람들은 소녀들과 소년들은 맛있는 과자와 떡볶이를 먹는 데에만, 모바일게임을 하거나 K팝 아이돌 스타와의 상상 연애에만 관심이 있다고 여기는 걸까.

하지만 우린 총을 들 수도 있지.

하지만 우린 칼을 들 수도 있지.

하지만 우린 정치가, 전사, 군인이 될 수도, 직접 창작한 낭만의 시를 읊으며 길거리의 쓰레기를 줍고 다닐 수도, 극한의 냉혈한이 될 수도 있지. 무신사 개러지에서 HMLTD의 공연을 보다가 갑자기 무대로 난입해 밴드와 함께 노래를 부를 수도 있지. 노래가 세상에 선포된 이상, 그 노래는 우리의 것이기도 하니까.

우리들의 노래.

꿈속에서, 실제에서, 제프리 양을 훼손한 주체는 다름 아닌 떡볶이와 아이돌 가수에게만 관심을 가질 거라고 사람들이 여겼던 소녀들과 소년들이었다. 어른들의 생각과 달리 아이들은 매사에 웃고 지내지 않았다. 매사에 울며 떼쓰지 않았다. 매사에 먹지 않았다. 매사에 아이돌 가수를 유사 연애하듯 좋아하지 않았다.

'우리들' 4인칭의 아이들은 다양한 얼굴을 가졌다.

오로라와 광지, 노아와 M, 소혜의 주택을 찾은 아이들과 다르게 제프리 양과 같은 꿈을 꾸는 사람은 드물었다. 행아복의 섬을 찾았던 수많은 정치인과 기업가, 경영인은 제프리 양과 달리 납치당하지도 않았고 고문도 받지 않았기 때문이다. 여전히 만인에게 존경받고, 서민에게 월급을 주며, 국가 정책에 관여하니까. 아직 한국에서 반복된 악몽을 꾸는 건 제프리 양 한 사람뿐이었다. 하지만 어쩔 수 없지, 뭐.

운이 안 좋았다고 생각하든가.

아니면 꿈이라고 생각해. 그냥.

네가 좀 잘못 걸렸다고 생각하라고. 어차피 세상은 다 그런 거잖아?

사람들은 상처 입은 소녀들과 소년들이 어디까지 갈 수 있다고 생각할까.

열다섯 살 아이들의 잔인한 상상력이 어디까지 확장하리라 믿을까. 분노가 삶의 기저에 깔린 중학생에게 흉기를 준다면 어떤 일이 생길까. 소혜의 주택에 모인 '우리들'도 궁금해했다. '우리들'은 어디까지 갈 수 있을까. 한계가 어디일까. 한계에 다다르면 이 무능하고 쓸모없는 제프리 양의 육체는 어떻게 처리해야 할까. 제프리 양을 처리하고 나면 '우리들'은 다른 '우리'를 찾아낼 것이다.

하지만 꼭 처단 이후여야만 할까? 오로라는 '우리'를 찾는 일을 처단 이후로 유예할 이유가 전연 없다는 걸 내심 알고 있었다. 사실 겁났다. '우리'를 찾아 그들의 얼굴을 마주하거나 이야기를 듣는다면 광지, 노아와 함께했던 여정이 다시금 떠오를 테니까. 오로라가 사랑했던 두 아이의 환영은 여전히 오로라의 심장 속에 유효했고 종국에는 4인칭이라는 투명한 실로 촘촘하게 엮였다. 제프리 양을 납치한 이후로 오로라는 이따금 심장에 바늘이 꽂히는 듯한 아픔을 느꼈다. 통증은 여전히 오로라의 심장 속에 남아 있는 친구들의 잔상 때문일지도 몰랐다.

오로라는 제프리 양이 갇힌 방 근처에 앉아 있었다. 여러 아이가 들락날락했다. 오로라는 방을 향해 귀를 기울였다. 긁는 소리, 자르는 소리, 던지는 소리, 둔중한 무언가 떨어지는 소리, 창문 여는 소리, 코 푸는 소리, 작은 속삭임과 흐느낌. 제프리 양이 그 비대한 몸을 비꼬며 내는 가느다란 신음. 이 일련의 소리가 오로라의 심장 속에 머무르는 광지와 노아에게 어떤 위로가 되길 바라며. 오로라는 소리를 배경 삼아 반복해서 손가락을 튕겼다. 하나, 둘, 셋.

'우리'를 찾아야 해.

서울과 수도권부터 둘러보자. 지방과 섬까지 아우르려면 누군가의 도움이 필요할 것이다. 에이바 언니가 운전을 잘한다. 언니에게 도움을 요청하면 될지도 몰랐다. 오로라는 손톱을 뜯었다. 이런저런 생각이 이어지자 손톱 물어뜯기를 멈출 수 없었다. 엄지손톱에 피가 동그랗게 고였다. 거실로 포비돈을 찾으러 갔다. Q 선생이 소파에 앉아 있었다. 햇빛이 선생의 안경을 반사해 눈빛이 보이지 않았다. Q 선생이 의중을 알 수 없는 말투로 오로라에게 말했다.

"나 불렀어?"

"아뇨."

"너 불렀어."

오로라는 Q 선생의 눈을 살피며 말했다.

"제 무의식이 그랬나 봐요."

Q 선생이 오로라의 양어깨를 잡았다. 그는 힘겹게 한 단어를 말하려고 노력했다, 오, 오, 호, 호온, 호오, 하다가 한꺼번에 문장을 쏟아냈다.

"홍대입구역 3번 출구로 나가 끼리끼리 길로 내려가서 나오는 코이크 카페 앞 타로 전문점."

오로라가 선뜻 대답하지 못하자 Q 선생이 말했다. 가자. 두 사람은 카카오 택시를 불러 현장에 도착했다. 두 사람은 타로 가게 유리창 앞에 서서 안을 빤히 응시했다. 세 명의 아이가 이인용 소파에 구겨져 앉아 타로점을 보는 중이었다. Q 선생이 휴대전화로 에어드롭을 날렸다. 카드를 고르려던 한 아이가 휴대전화를 확인했다. 아이는 친구들에게 무어라 말한 뒤 어딘가로 향했다. 오로라와 Q 선생은 다음 날 그 아이를 소혜의 주택에서 맞이했다. 오로라는 '우리들'과 함께 지내면서도 Q 선생의 '가자'라는 신호를 기다렸다. 그렇게 '가자' 해서 간 곳들.

행신역 버스 정류장에서 내려서 좌회전, 세븐일레븐 앞 테이블.
남양주 돌비 시네마가 있는 큰 몰 뒤편의 올리브영 근처 흡연장.
이태원역 현대카드 언더스테이지 지나서 골목으로 들어가면 나오는 전자담배 무인가게 앞.
인왕산 입구, 마포대교, 태종대 기암절벽, 제주 한림읍 옹포리 꼬막 비빔밥 전문점 뒤편.
때로는 발리에서, 울란바토르에서, 치앙마이에서 신호를 받았다는 Q 선생님.

오로라는 QR코드에 삽입된 내용을 지속적으로 업데이트했다. 그는 최대한 많은 아이를 만나고 싶었고 대화하고 싶었다. 또한 그들이 '우리들'에 합류한 뒤 무서워서 떠나지 않기를 바랐다. 4인칭인 '우리들'이, 아직 1인칭에 머무르고 있는 아이들을 불안하게 하지 않았으면 하고 소망했다. 오로라는 소혜의 주택에 오는 아이들을 위하여 아주 자유롭고 소박한 규칙을 만들기로 했다.

하나. 우리들은 서로에게 인사합니다.
둘. 우리들은 가깝지만 너무 가깝지는 않습니다.
셋. 우리들은 떠날 때 인사합니다.
넷. 우리들은……

더 많은 '우리'가 모이기 시작했다. 오로라는 '우리들'을 위한 또 다른 공간이 필요하다는 걸 직감했다.

소혜와 예희는 오로라의 요청에 따라 자리를 마련하기 시작했다. 주택 뒤편에 제법 넓은 공터가 있었다. 그동안 버리기 귀찮아서 쌓아두었던 쓰레기가 대중없이 쌓여 있던 곳. 소혜와 예희는 날을 잡고 그곳을 청소했다. 쓰레기 사이에서 소혜가 그토록 찾던 스카프를 찾기도 했다. 소혜와 예희는 캐노피 전문점에서 열 명 정도 수용 가능한 전박과 바닥에 깔 방수포를 구매했다. 캐노피는 짙고 맑은 녹색이었다. 완벽한 방수 코팅 덕에 색이 변할 일은 없을 것이다. 천막을 설치할 공간 옆에는 우연히 아주 커다란, 거의 이 미터에 육박하는 반원 모양 돌이 자리를 잡고 있었다. 그건 달의 일부처럼 보였다.

그 공간에는 아스팔트가 깔리지 않았다. 습기를 머금은 흙바닥이었다. 작업자 아저씨들이 캐노피 천막을 설치한 날, 오로라는 그 공간을 둘러보며 소혜와 예희에게 말했다.

"바닥에 아무것도 깔지 않는 게 좋겠어요."

"뜨겁지 않겠어?"

예희가 물었다. 오로라가 고개를 저었다.

"여기서 뭐 하게?"

"제가 가장 잘하는 거요."

캐노피가 완성된 날, 오로라는 소혜의 주택에 모여 있는 '우리들'에게 에어드롭을 전송했다. 간단했다. 오늘, 우리는 뒷마당에서 함께 춤을 출 거야.

하나. 우리들은 서로에게 인사합니다.

천막 아래 몇몇 아이들이 모였다. 오로라는 막상 함께 춤을 추자고 했음에도 쉽사리 몸을 움직일 수 없었다. 부끄러웠다. 그저 손가락만 튕기며 아이들이 먼저 움직이길 기다렸다. 그때 M이 천막 아래로 미끄러지듯 들어왔다. M은 미색 잠옷 원피스를 입었고 맨발이었다. 천막 아래 있던 아이 중 누구도 M이 공간 중앙에 이르렀다는 걸 몰랐다. 안녕, 하고 M이 텔레파시로 인사하기 전까지.

M은 두 손에 얼굴을 파묻고 고요히 섰다. 오로라는 M의 행동에 질문을 던지고 싶었지만 참았다. 끝없는 질문이 오로라의 혀끝까지 차올랐다. 입속에 가득 쌓인 질문은 나중에 해결하는 게 나을 것이다. 대신 M을 주시했다. M은 가까스로 고개를 들고 주변을 탐색했다. 그는 주변을 경계한다기보다 그저 둘러보는 희귀종 조류처럼 보였다. 그러다 고개를 위로 치켜들고 눈을 감았다. 이내 그의 목빗근이 미세하게 떨렸다. M이 입을 벌려 소리 냈다.

아.

M은 손을 교차해 제 쇄골을 감쌌다. 마치 그곳을 누르면 어떤 구체적인 음절이 나올 것 같이 말이다. 그러나 그의 입에서 터져 나온 건 여전히 짧은 비명뿐이었다.

M은 순간 스러지듯 무너져 내렸다. 그는 엎드려 누웠다. 우리들을 끌어당기는 중력에 승복하는 듯한 몸짓이었다. M은 바짝 마른 두 팔을 앞으로 뻗었다. 손끝에 어느 지점이 닿길 바라는 것처럼. 오로라는 M의 이완된 사지와 특히 양팔에 길게 드리워진 삼각근을 향해 고개를 돌렸다. 4인칭 우리들 중

하나인 M의 육체가 말하고 있었다. 그리고 오로라는 육체의 언어가 곧 춤, 그 자신이 어릴 적부터 천착해 왔던 아름다운 움직임에 기반했다는 것도 알았다.

둘. 우리들은 가깝지만 너무 가깝지는 않습니다.

M을 제외한 '우리들'은 M을 둘러싸기 시작했다. '우리들'은 M을 중심으로 방어벽을 치는 모양으로 둥글게 섰다. 오로라는 원 안으로 들어갔다. 그런 뒤 M 쪽으로 기어갔다. M에게 향하는 동안 그는 자신이 팔다리 없이도 언제나 자유로운, 성스러운 태초의 뱀이 되어가고 있다고 상상했다. 순전히 오로라의 의지대로 짐승이 되었다. 뱀이 된 오로라는 온 힘을 다해서 M을 껴안았다. M은 오로라의 몸을 받아들였다. 두 사람이 감싸안았다. 서로의 근육을 섬세하게 더듬었다. 피부를, 근육을, 혈관을 흐르는 피의 순환을 감각했다. 대화는 필요 없었다. 서로의 살결을 마주하는 것만으로도 많은 걸 알 수 있었다. 오로라와 M이 내뱉을 수 있는 언어는 단 하나, '아'라는 의성어뿐이었다.

오로라와 M을 둘러싼 '우리들'이 서로에게 다가갔다. '우리들'은 서로의 열 손가락을 엇갈리게 맞추어 잡았다. 상아색 손가락과 마디가 붉어진 손가락, 더위에 탄 손가락과 굳은살이 박인 손가락, 관절이 튀어나온 손가락, 몇 개가 절단된 손가락, 상처가 많고 노화 때문에 혹은 고통 때문에 주름진 손가락. 손가락은 스무 개가 되었고 마흔 개, 예순 개가 되었다. '우리들'의 손가락은 그 자체로 날실과 씨실이었다. 직조기 따위 필요 없이 스스로 엮이는. '우리들'에게 날카로운 건 필수가 아니었으니까.

'우리들' 중 하나가 맞잡은 손을 위아래로 흔들었다. 일부는 깍지 낀 손을 놓고 서로를 마주했다. '우리들' 사이로 오후의 햇빛이 비스듬히 비추었다. 햇빛은 손가락 사이를 지나갔다. 어깨 사이와 목덜미 사이도 지나쳤다. 참새 한 마리가 천막 가장자리에 앉아 날개를 푸드덕댔다. 새가 노래하듯 지저귀기 시작했다. 주택 뒷마당을 어슬렁거리며 지나가던 검은 들개가 몸을 털었다. 손을 잡은 '우리들' 중 일부는 등을 뻣뻣하게 세우고 미동 없이 서 있기도 했다. 누구는 맞잡은 손을 치켜들고 둥글게 돌렸다, 허리를 굽히기도 했고 발끝을 세워 바닥에 반원을 그렸고, 수축하고 팽창했으며…… 오로라는 '우리들'의 동작을 이어받아 양팔을 길게 흔들었다. '우리들'의 동작이 한데 이어져 공간에 선을 그렸다. 오로라는 숨을 들이마시며 이 모든 분위기를 감지하려고 노력했다.

오로라는 어느새 고개를 든 M의 콧등에 박힌 주근깨를 관찰했다. M을 이곳에 이르게 한 여로는 어땠을까? M은 어떤 일을 겪은 걸까. 그러나 사건의 뒷면을 들추어 자세히 보는 건 조금 미루자. 기억을 들추면 M이 현재 추고 있는 춤을 희생시키는 것이 아닐까. '우리들'끼리 감각해야 할 이야기가 있어.

 오로라가 자세를 고쳐 앉았다. M이 오로라의 어깨에 고개를 기댔다. 오로라는 M의 무게를 느끼며 레몬빛이 감도는 공기 사이로 부유하는 먼지를 주시했다. 오로라는 M과 함께 일어났다. M은 자연스럽게 다른 '우리들'을 향해 떠났다. M은 개인이고도 집단인 '우리들'의 일부가 되었다. '우리들'이 함께 하늘을 향해 양팔을 뻗었다. 곧게 뻗은 양팔은 화살표가 되어 서울과 경기도를, 그 너머와 여러 개의 섬을, 바다를 향해 뻗을 것이다. '우리들' 중 하나가 바닥에 엎드려 눈을 감았다. 그는 양 손가락으로 흙을 한 줌 쥐었다. 손가락 사이로 붉고 촉촉한 흙이 흘러내렸다. 천막 뒤로 거대한 반원형 돌이 보였다.

 셋. 우리들은 떠날 때 인사합니다.

 오로라는 아이들을 향해 서서 한 손을 곧게 펴 하늘로 올렸다. 그러고는 길게 반원을 그린 뒤 허리를 굽혀 인사했다.

 넷. 우리들은······.

'우리들'의 제프리 양 처단식은 일주일간 지속되었다. 딱 일주일이 지나자, M이 오로라에게 더 이상 제프리에게 하고 싶은 게 없다고 전달했다. '우리들'이 제프리 양의 방으로 가는 빈도가 낮아졌다고 했다. 오로라는 제프리가 갇혀 있는 방에 들어가 엉망진창이 된 그의 모습을 한참 관찰했다. 그런 뒤 에이바 언니에게 연락했다. 십 분 뒤에 에이바 언니가 소혜의 주택에 도착했다. 오로라가 언니를 집 안으로 들였다. 에이바 언니와 이런저런 이야기를 나누었다. 에이바 언니는 내일 대구에서 두 명의 '우리'가 이곳에 오고 싶다고 연락해 왔다며, Q 선생과 함께 거기까지 차를 몰고 갈 거라고 했다. 예희가 차와 과자를 내왔다. 에이바 언니가 오로라와 예희, Q 선생님과 '우리들'에게 말했다. 오로라와 '우리들'은 거실 탁자를 중심으로 에이바 언니를 둘러싸고 앉아 있었다.

"너희들 그거 알아?"

"뭘요?"

오로라가 에이바 언니에게 물었다.

"사실 돼지들은 사람 고기를 제일 좋아한다는 거?"

아이들이 역겹다는 모션을 취했다. M이 물었다.

"언니가 어떻게 알아요."

"나는 돼지랑 대화할 수 있거든."

"좋은 재능 같아요."

오로라가 대답했다.

"누구나 재능 한 가지는 타고나잖아."

"그런가요?"

오로라가 물었다.

오로라는 마당으로 나가서 에이바 언니가 빌려준 수레를 끌고 왔다. 작은 수레에는 사과 박스 하나가 있었다. 그 안에 에이바 언니에게 빌린 연장들이 들어 있었다. 오로라는 다시 주택 안으로 들어가 검은 천에 둘러싸인 덩어리를 가져와 사과 박스 안에 넣었다. 사과 박스 안에 들어갈 만큼 사지가 잘려 작아진 제프리 양이었다. 에이바 언니가 수레로 다가와 오로라에게 말했다. 자기는 힘이 좋아서 혼자서 수레를 끌고 농장까지 갈 수 있다고 했다.

"안 도와줘도 돼."

에이바 언니가 말했다. 오로라가 농장 일이라도 도와주겠다고 대답했다. 그러다가 에이바 언니가 뜬금없이 오로라에게 물었다.

"이 사람을 가지고 내가 원하는 대로 해도 될까?"

"마음대로 해. 언니."

에이바 언니가 말했다. 오로라는 에이바 언니를 따라 돼지 농장에 갈 생각이었다. 그저 말없이 언니를 뒤따랐다. 에이바 언니가 수레를 끌자 흙먼지가 바퀴 주변에 뽀얗게 일었다.

시야가 흐려져 에이바 언니의 모습이 잘 보이지 않았다. 에이바 언니가 어느 인종인지 오로라 역시 어느 인종인지 구분되지 않을 정도로 사위가 부옇게 변했다. 오로라가 재채기했다. 문득 머리를 기르고 다시 푸른색으로 탈색하고, 피어싱도 하고 싶었다. 그러나 이내 고개를 절레절레 저으며 에이바 언니를 따라 걸었다. 이젠 그런 게 문제가 아니었다. 그래, 이젠 그런 게 문제가 아니었다.

여름은 아주 예전에 무르익어 사라진 지 오래였다. 가을 특유의 나뭇잎 냄새가 콧속을 간질였다. 이러다가 한바탕 비가 오고 나서 갑작스레 추워질 것이다. 그러고 보니 이번 여름에 비가 왔던가? 오로라는 조금 자란 머리카락을 만져보았다. 언제쯤이면 샤프심처럼 머리가 올라올까? 정수리에는 언제쯤 가마가 생길까? 비 냄새가 났다. 곧 비가 올 것이다. 언젠가 비가 오면 발가벗고 나가서 빗물이 뼛속까지 파고들게 내버려둘 것이다. 오로라는 그렇게 서서 비를 맞을 것이다. 세상의 모든 게 빗물에 씻기듯이 오로라도 머리꼭지부터 발바닥까지 씻어내고 싶었다.

오로라와 에이바 언니가 백 씨네 농장에 들어갔다. 에이바 언니가 수레를 끌어 돼지우리로 향했다. 언니가 철문으로 만든 우리 문을 열자, 오로라의 콧속으로 돼지 사료 냄새가 예기치 않게 훅 들어와 뇌리를 날카롭게 찔렀다.

아마 나는 경찰에게 잡히겠지. 오로라가 생각했다.

오로라는 언니를 따라가 돼지우리를 둘러보았다. 가을을 앞둔 적요, 잠자는 아기 돼지들. 열린 창을 통해 햇빛이 들어와서 바닥에 네모난 빛 그림자를 남겼다. 창백한 오후, 모두 일하러 가거나 휴가를 떠난 시간. 고요하지만 팽팽한 공기 속에서 비눗방울처럼 자유롭게 떠다니는 먼지.

하지만 내가 경찰에 안 잡힐 수도 있겠지.

오로라가 생각했다.

그러면 언젠가는 갈 수 있겠지. 아마, 언젠가는. 산티아고, 드레스덴, 에든버러, 잘츠부르크, 베를린, 런던으로. 거기서 라따뚜이, 뵈프 브루기뇽. 파히타, 뱅쇼도 마음껏 먹을 테지. 무슨 맛인지는 몰라도. 이제 오로라는 '우리'를 찾아 헤매며 무지개색을 초월한 더 많은 색을 기분에 입히겠지. 세상엔 내면의 내면, 그 속보다 더욱 깊숙한 무의식 속에 악몽을 몰래 숨겨놓은 '우리'가 정말 많겠지. 오로라가 감당할 수 없을 정도로.

앞으로 오로라는 수많은 언니와 동생을 만날지도 몰랐다. 욕도 많이 할 것이다. 씨발. 좆같다. 개같다. 지랄 같다. 하고 싶은 말을 많이 할 것이다. 그리고 한숨도 많이 쉴 것이다. 노래를 부를 것이다. 비명을 지를 것이다. 춤을 출 것이다. 오로라의 귓가에 노아와 광지의 목소리는 비록 들리지 않을지라도, 그들의 빈자리는 다른 언니와 동생들의 재잘댐과 진솔한

욕설로 채워지겠지. 내일의 아침 하늘은 오로라빛으로 물들 것이다. 이제부터 오로라는 무엇을 하더라도 시간이 많을 것이다.

심사평

총평

제15회 혼불문학상에는 예년보다 늘어난 총 332편의 작품이 응모되었다. 수가 말해주는 단순한 셈법을 넘어 개별 응모작들이 도달한 문학적 성취를 통해 날로 더해가는 상의 위상을 실감할 수 있었다. 예심과 본심의 전 과정을 함께하며 7인의 심사위원은 면밀하게 응모작을 살피는 한편 한국문학의 과거와 현재와 미래를 톺아보는 일에까지 자연스럽게 나아갈 수 있었다. 고민 끝에 『강화』 『모두의 아이』 『코미디의 영광』 『4인칭의 아이들』을 최종 심사 대상으로 꼽았다.

『4인칭의 아이들』은 화자가 릴레이식으로 바뀌며 이어지는 작품이다. 이 탓에 이야기의 파편화를 막을 수 없고 장과 장 사이 모호한 구분으로 독법의 어려움도 야기한다. 무엇보다 응축된 에너지를 잃고 매번 백지에서 새로 쌓아 올려야 하는 불리함을 지니고 있다. 하지만 이러한 화법이 아니라면 아동 성폭력이라는 크고 무거운 주제를 선연하게 짚어낼 수 없을 거라 생각되었다. 타협하지 않는 서술을 통해 3인칭에서

3.5인칭 그리고 종내에는 4인칭까지 나아가는 방식도 독보적이었다. 쓰고 싶은 이야기를 쓰는 게 아니라 쓸 수밖에 없는 이야기를 쓰는 절박함. 이러한 순도 높은 절박과 진실 앞에서는 미숙도 과잉도 미학이 된다는 사실을 다시 한번 깨달았다. 앞으로 작가는 분명 더 많은 이들의 작은 목소리를 우리 곁에 생생히 전달해줄 것이다.

『4인칭의 아이들』을 제15회 혼불문학상 수상작으로 정한다. 하나 덧붙이고 싶은 사실이 있다. 이번 결과는 7대 0 만장일치로 이루어진 것이 아니다. 이를 밝히는 까닭은 현실·사회적 정의와 달리 문학적 정의는 한층 더 다양해야 한다는 믿음 덕분이다. 다만 다양하다는 말은 자유롭다가 아니라 엄격하다는 뜻에 가까울 것이다.

심사위원 추천평

『4인칭의 아이들』은 고통이 느껴지는 치열한 소설이다. 그러나 고통을 소재로 소비하지 않고 질문으로 생성하는 패기가 더해져 사뭇 활기가 있다. 자신의 관점으로 세계를 재편해보겠다는 문학적 패기이다. 그 덕분에 미성년자 성폭행이라는 무거운 이야기가 우회로를 밟아 유려하고 트렌디한 흐름 속에

그려진다. 정밀한 문장에 입혀진 강렬한 이미지를 통해서 구현되는 악몽과 복수의 서사는 결국 사회적 구원에 대한 질문일 것이다.

— 은희경(소설가)

 카를 융이 '상처 입은 치료자'로 거듭나는 여정에서 샤먼을 임상 대상으로 삼은 건 의미심장하다. 신병을 앓는 통과의례를 거쳐 자신을 내어주고 타자와 연결되는 '영매'로 거듭난 샤먼의 무의식적 메커니즘을 체험하고자 하였다. 융은 상처 입은 자의 내면에서 일어나는 창조적 회복력에 주목했다. 근대에서 추방당한 샤먼은 문학장에서 겨우 살아남았던 것 같다. 영매로서 타자와 연결되는 목소리가 문학과 닮아서였을 것이다. 상처 입은 자들끼리 만나 상처가 두 배가 되는 게 아니라 회복되는 수수께끼를 문학은 스스로 형식으로 삼기도 하고 탐구하기도 했다. 그러나 문학 역시 오랫동안 그 목소리를 의심했다고 봐야 한다. 『4인칭의 아이들』은 '연결성'에 주목하며 새로운 샤먼 원형을 창조하고 있다. '나'가 '우리'가 되고 그 우리는 망자뿐 아니라 시공간에 연루된 모든 생명, 비생명까지 아우른다. 이 다성적 내러티브에서 '우리'는 '4인칭'이라고밖에 부를 수 없었을 것이다. 나는 이 작가의 실험적인 탐구가 어디까지 나아갈지 지켜보고 싶다.

―전성태(소설가)

『4인칭의 아이들』은 한 편의 고백록이자, 분투 끝에 겨우 살아남은 아이들의 가감 없는 생존기다. 그래서 문장은 울퉁불퉁하고, 내면은 거칠게 날이 서 있으며, 비린내와 시큼한 땀 냄새가 작품 전반에 가득하다. 기어이 살아남아 끝내 써낸 아이들. 이 아이들에게 1인칭도, 3인칭도 모두 문학적 수사에 불과하다. 이들에게 필요한 것은 아름다운 문장이 아니라, 생존 전략이며, 죄에 대한 정당한 응징이다. 그 응징은 죽은 아이들, 말할 수 없었던 아이들까지 모두 포함해야 하기에, 이 아이들은 끝내 4인칭으로 넘어간다. 정리하자. 이 소설에서 작가가 한 일은 단 하나, 인물들에게 시간을 내어주고 끝까지 기다려준 일뿐이다. 나머지는 모두 인물들이 해냈다. 그만큼 이 소설 속 아이들은 문장을 뛰어넘어 자기 목소리를 냈다. 그것이 가능할까? 때론 가능하다. 작가의 진심이 인물의 진심과 맞닿아 있을 때, 그 불가능한 일이 현실이 된다. 그 어려운 일을 이 작가가 해냈다. '배제'와 '비밀'로 둘러싸인 세계를 뚫고 들어가, 온몸으로 써낸 결과물, 그게 바로 이 소설이다.

―이기호(소설가)

어떤 이야기는 단숨에 말해질 수 없다. 우회하고 과잉된 형태로만 겨우 발화할 수 있는 이야기가 있는데 『4인칭의 아이들』이 그러했다. 이 작품은 시적인 표현의 반복을 통해 역설적으로 폭력과 상처를 직시하려는 산문적인 노력이 돋보였다. 장마다 화자가 달라져 독해를 모호하게 지연시키는데, 어떤 고통은 최대한 반복하고 되풀이되는 형태로 말해질 수밖에 없음을 효과적으로 드러내는 장치로 여겨졌다. 당면한 문제와 고통을 전달하는 것에 그치지 않고 적극적인 처단과 해결을 도모하는 소설이어서 더욱 매료되었다. 서로를 미래 삼아 지탱해 온 아이들이 가닿을 새로운 인칭의 세계를 묵묵히 응원하고 싶어지는 소설이었다.

—편혜영(소설가)

『4인칭의 아이들』은 소설의 형식, 주제 의식, 문체 등 소설의 전개에 필연적인 서사적 요소들이 평이하지 않다. 가히 새롭다. 현실을 바라보는 작가의 시선, 피해자 관점에서 다루기 쉽지 않은 서사 장악력은 가히 압권이라, 읽는 내내 긴장감을 놓을 수 없었다. 먹먹해진 감정을 쉬이 내려놓을 수 없는 가혹한 소설이다.

—백가흠(소설가)

생생하게 살아서 숨 쉬고 손을 뻗고 몸부림치는 소설이다. 작가의 치열한 사유와 고민이 절절하게 느껴진다. 접근하기 어려운 무거운 소재를 감각적인 화법과 자기만의 시선으로 풀어낸다. 안정성과 완결성을 파괴하는 것만 같은 문장은 이 이야기를 반드시 지금 전해야만 한다는 다급함으로 다가온다. 증오와 분노, 무기력과 우울, 답답함과 막막함 등 인물들의 복잡한 감정에 깊이 공감할 수밖에 없었다. 환상적인 꿈과 마법을 통해서만 해석할 수 있는 사건이 있다. 기억하기 싫어서 차라리 나를 지워버리고 싶은, 사소한 외부 충격에도 생이 바스러지는 존재가 있다. 홀로 감당할 수 없기에 너와 나를 이은 우리의 기억으로 모아서 서로를 지탱해 주어야만 가까스로 윤곽을 그릴 수 있는 일이 있다. 그와 같은 우리가 이 세상에 분명히 존재한다는 사실을 새롭고도 충격적인 방식으로 보여주는 작품이다. 이 작가의 다음 소설을 어서 만나고 싶다.

―최진영(소설가)

『4인칭의 아이들』을 읽는 내내 고통과 환희로 가득했다. 고통은 말하지 않으면 들리지 않는 세계의 이면과 맞닥뜨려야 하는 일에서 왔고 환희는 이를 온전히 그러낼 수 있는 유일무이한 방식이 곧 문학이라는 사실을 상기하고 확신하는 데에서 왔다. 다채로운 인물을 통해 사건에 함몰되지 않고, 개성 있는 발화를 통해 사유를 납작하지 않게 만드는 작가의 역량이 무엇보다 돋보인다. 덕분에 책장을 덮어도 끝나지 않는 하나의 이야기가 우리에게 새로 남았다.

—**박준**(시인)

작가의 말

내가 그 꿈을 다시 꾸게 된 건 2024년 1월부터였다. 꿈속의 나는 차가운 수술대 위에 벌거벗고 누워 있다. 의사의 얼굴은 강렬한 조명 때문에 보이지 않는다. 하지만 나는 알고 있었다. 그가 나를 집요하게 응시하고 있다는 것을. 꿈속의 나는 몸을 가리려고 노력하지만 내게는 손과 발과 입이 없다.

나는 이 꿈을 어린 시절 내내 꾸었다. 꿈은 그때 누군가 내게 행했던 추악한 일이 남긴 오물 자국 같은 것이었다. 나는 그 꿈에 시달리는 동안 나와 같은 일을 겪은 누군가도 이 꿈을 꿀까 궁금했다. 성인이 된 이후 한동안 꿈을 꾸지 않았다. 하지만 그 꿈이 서른여섯 살의 내게 다시 다가왔다.

나는 그 꿈이 2024년의 내게 찾아온 이유가 있다고 믿었다. 나의 믿음은 기이할 정도로 강렬했다. 마치 이미 답을 알고 있는 것만 같았다. 꿈에 시달리던 열한 살의 내가 비교적 초연할 수 있었던 건 미래의 내가 이 꿈을 이용해 무엇을 할지 알았기 때문일 수도 있다. 서른여섯 살의 나는 잘 알고 있었다. 나와 같은 일을 겪은 사람들을 찾는 방법은 이 꿈을 공유하는 것뿐이라는 것을. 그리고 내가 할 수 있는 건 소설을 쓰는 일밖에 없었다.

운이 좋게도 이 소설이 출판되는 기적 같은 기회를 얻게 되었다.

소설이 내 손에서 떠난 뒤 나는 한 달간 베를린에 숨어 있었다. 나의 일상은 여전히 꿈의 파장 속에서 불안하게 움직였다. 꿈과 무의식과 환상에서 벗어날 수 있는 건 육체에 대한 집착적인 욕망을 그대로 전시하는 도시에 가는 것, 그 도시에서 아무 말도 하지 않고 지내는 것뿐이었다. 나는 지하로 내려가는 계단이 있는 클럽을, 방이 미로같이 많은 클럽을 사랑했다. 그곳을 배회하면 내 꿈의 중심부에서 멀어지는 것처럼 느껴졌으니까. 클럽에서 나오는 음악의 리듬은 인간의 심장박동 소리를 정확히 닮았다. 오로지 심장박동에 의지해 지하 클럽에서 시간을 때우는 것만이 스스로를 안심시킬 수 있는 유일한 수단이었다.

내가 숨어들어 간 곳 중 하나는 미술관이었다. 도무지 저의를 알 수 없는 이미지들의 나열 속에서도 가끔 여성들의 목소리를 들었다. 각자 다른 이유로 할 말이 있었던 여성들의 목소리를. 여성들은 캔버스나 비디오, 세라믹으로 만든 오브제와 오디오에서 흐르는 허밍으로 내게 말을 걸었다. 나는 입을 닫기로 결정했지만 그들은 아니었다. 베를린을 떠나기 전날 나는 독일의 여성 영화감독인 마르가레테 폰 트로타의 작품을 아카이빙한 미술관에 들렀다. 미술관에서 나오는 길에 한 여자아이가 자전거를 타다가 넘어지는 걸 보았다. 아이는 혼자였고 나와 눈을 마주치자 웃었다. 나는 그 웃음의 의미를 헤아려보려고 노력했고 그 순간 내가 영원히 입을 닫을 수 없음을, 계속해서 떠들 수밖에 없음을 깨달았다.

마지막으로 내가 소설을 통해 떠들 수 있도록 공간을 제공해 준 연희문학창작촌을 언급하고 싶다. 이 소설의 많은 부분이 그곳에서 다시 쓰였다.

김아나

4인칭의 아이들

초판 1쇄 인쇄 2025년 10월 15일
초판 1쇄 발행 2025년 10월 27일

지은이 김아나
펴낸이 김선식

부사장 김은영
책임기획 곽수빈 **책임편집** 정지혜 **책임마케터** 오서영
콘텐츠사업6팀 조용우, 이한민, 이현진
마케팅사업2팀 오서영 **홍보2팀** 정세림, 고나연
브랜드사업본부 정명찬
브랜드홍보팀 오수미, 서가을, 박장미, 박주현 **영상홍보팀** 이수인, 염아라, 이지연, 노경은
저작권팀 성민경, 이슬, 윤제희 **편집관리팀** 조세현, 김호주, 백설희
재무관리팀 하미선, 임혜정, 이슬기, 김주영, 오지수
인사관리팀 강미숙, 김혜진, 이정환, 황종원
제작관리팀 이소현, 김소영, 김진경, 유미애, 이지우, 황인우
물류관리팀 김형기, 김선진, 주정훈, 양문현, 채원석, 박재연, 이준희, 문명식
외부스태프(디자인) 강지구

펴낸곳 다산북스 **출판등록** 2005년 12월 23일 제313-2005-00277호
주소 경기도 파주시 회동길 490
전화 02-704-1724 **팩스** 02-703-2219
이메일 dasanbooks@dasanbooks.com
홈페이지 www.dasan.group **블로그** blog.naver.com/dasan_books
용지 신승INC **인쇄 및 제본** 한영문화사 **코팅 및 후가공** 평창피엔지

ISBN 979-11-306-7228-1 (03810)

- 책값은 뒤표지에 있습니다.
- 파본은 구입하신 서점에서 교환해드립니다.
- 이 책은 저작권법에 의하여 보호를 받는 저작물이므로 무단 전재와 복제를 금합니다.